Alte Pinakothek

Catalogue des tableaux de la Pinacothèque royale à Münich

Anatiposi

Alte Pinakothek

Catalogue des tableaux de la Pinacothèque royale à Münich

Réimpression inchangée de l'édition originale de 1860.

1ère édition 2023 | ISBN: 978-3-38270-131-4

Anatiposi Verlag est une marque de Outlook Verlagsgesellschaft mbH.

Verlag (Éditeur): Outlook Verlag GmbH, Zeilweg 44, 60439 Frankfurt, Deutschland
Vertretungsberechtigt (Représentant autorisé): E. Roepke, Zeilweg 44, 60439 Frankfurt, Deutschland
Druck (Imprimerie): Books on Demand GmbH, In de Tarpen 42, 22848 Norderstedt, Deutschland

Catalogue

des

TABLEAUX

de la

Pinacothèque royale

à Munich.

Prix 1 fl. 24 kr.

Munich, 1860.
Se trouve à la Pinacothèque
et
pour l'étranger en commission chez J. A. Finsterlin
(Salvatorstrasse Nro. 21).

Avant-propos.

De tout temps les princes de la maison grénante ont portégé généreusement les artistes en les mettant en état de parvenir à un heureux developpement de leur talents. Nous devons à ce haut sentiment pour les arts la possession des collections distinguées, qui depuis le commencement du 19eme siècle, sous le regne favorable aux arts et sciences de Maximilien I. furent transportées à Munich, et qui se multiplièrent au point que les localités commencèrent à manquer, et n'étaient plus suffisantes pour placer convenablement toutes ces richesses artistiques.

La nécessité vivement sentie d'un nouveau bâtiment fut réalisée sous le glorieux régne de Maximilian I., et il fut décidé d'ériger un bâtiment remplissant les conditions desirées, principalement sous le rapport de la lumiére, et de la sureté contre le feu. Dans ce bâtiment devaient étre réuni non seulement les tableaux mais aussi les collections des dessins originaux, des estampes et des vaces étrusques, pour être une preuve éclatante du vif sentiment pour les arts de l'auguste fondateur de ce Musée.

Monsieur de Klenze, Conseiller intime et intendant des bâtimens, fut chargé de dresser, de concert avec Monsieur de Dillis, ci-devant directeur en chef des galeries royales, le plan de cet èdifice et de le soumettre à l'approbation suprême.

Cette approbation ayant été donnée, en 1826 le 7. Avril, jour de naissance de l'immortel Raphael, eut lieu la pose solemnelle de la pierre fondamentale de ce bâtiment, qu'on designa du nom de „Pinacothèque" et on y travailla sans interruption jusqu'à son achèvement; qui eut lieu en 1836. Dans cette même année Monsieur le Directeur de Dillis proceda aux choix et à l'emplaçement des tableaux par ordre d'écoles, et ces localités furent ouvertes au public le 16. Octobre de la même année.

L'entrée conduit d'abord au vestibule, dont la voute repose sur quatre colonnes d'ordre jonique; à gauche de ce vestibule on monte par deux escaliers de marbre qui, à leur partie supèrieure se reunissent en un seul; on entre ensuite dans le salon d'entrée richement décoré, qui contient les portraits en grandeur naturelle des souverains Bavarois, qui ont recueilli les objets d'arts, rassemblés dans les salles et cabinets suivants.

Observations.

La première partie de ce catalogue indique les tableaux contenus dans les neuf salles, qui se suivent de plein pied d'aprés les numèros placés sur la porte d'entrée.

Immèdiatement à côté de la porte, en entrant à droite, se trouve le tableau marqué du numéro 1 qui ouvre la série des numéros qui continuent dans les neuf salles.

La seconde partie indique les tableaux éxposés dans les vingt et trois cabinets qui suivent les salles, et elle commence absolument de la même manière que la première par le Nr. 1.

Le signe (℘) ajouté à l'indication de quelques tableaux indique, qu'ils ont été acquis par la caisse de sa Majesté le Roi Louis I. et qu'ils sont sa proprieté particulière.

Le signe (♂) indique les tableaux acquis aux frais de la couronne et qui sont la proprieté de la maison royale.

Les tableaux, qui ne sont pas marqués d'une de ces deux signes appartiennent à l'Etat.

PINACOTHÈQUE

ROYALE.

Salle des fondateurs.

Cette salle contient les portraits en pied et en grand costume, des princes règnants de la maison électorale bavaroise, qui ont recueilli les trésors de l'art exposés dans la Pinacothèque.

Sur le mur vis-à-vis la porte d'entrée se trouvent:

a) Jean Guillaume, électeur palatin, fondateur de la ci-devant galerie de Dusseldorf. — Peint sur toile par Richter. Hauteur 7′ 7″, Largeur 5′ 6″.

b) Maximilien Emanuel, électeur de Bavière,

fondateur de la galerie de Schleissheim. — Peint sur toile par **Martin Maingaud**. Haut 7′ 7″, large 5′ 6″.

Sur le mur de la porte d'entrée:

c) **Maximilien I.** Grand-écujer-tranchant de l'empire romain, électeur de Bavière, fondateur de la galerie de sa résidence, batic par lui. — Peint sur toile par **Nicolas Prucker**. Haut 8′ 5″, large 5′ 11″.

d) **Charles Theodore**, électeur palatin, fondateur de la galerie de Mannheim. — Peint sur toile par **Pompée Battoni**. Haut 8′ 3″, large 5′ 9″ 6‴.

Sur le mur où est la porte, qui conduit dans la première salle.

e) **Maximilien Joseph I.**, roi de Bavière, fondateur de la Pinacothèque. — Peint sur toile par **Joseph Stieler**. Haut 7′ 7″, large 5′ 6″.

f) **Louis I., roi de Bavière**, fondateur de la Pinacothèque. — Peint sur toile par le même et de même grandeur.

Le frise sous la corniche principale de cette première salle est ornée de bas-reliefs, qui représentent les époques principales de l'histoire de la maison régnaute de Bavière, qui sont:

1) Mariage de Garibalde avec Waltrade, 574.

2) Introduction des loix écrites, 641.

3) Arnulph renvoie les députés hongrois, 911.

4) Mort de Luitpold dans la bataille contre les hongrois, 907.

5) Henri de lion fait bâtir Munich, 1175.

6) Otton de Wittelsbach est investi de la Bavière par l'empereur, 1180.

7) Louis de bavarois confie le pays, sa couronne et ses enfans à Frèdéric le beau d'autriche, 1335.

8) Bataille prés Gingen, 1462.

9) Albert le sage, protecteur des arts, 1506.

10) Guillaume V., père des pauvres, 1553.

11) Maximilien I., est investi du palatinat, 1623.

12) **Maximilien Emanuel** conclut la paix avec les turcs, 1688.

13) **Maximilien Joseph I.**, roi de bavière, 1806.

14) **Louis I.**, posse la pierre fondamentale de la Walhalla, 1830.

Première Partie.

Description des tableaux

qui sont placés

dans neuf grandes salles.

Première Salle.

Elle contient en grand partie des tableaux de l'école de la haute allemagne du premier temps jusque vers la moitié du XV. siècle.

Côté de l'Est, ou se trouve la porte d'entrée.

1. **Durer** (Albert), chef de l'école de la haute allemagne, né à Nuremberg 1475, † 1528. Ecolier de *Michel Wohlgemuth.*

   Le chevalier Lucas Baumgärtner de Nuremberg armé et en cotte-d'armes rouge. — Sur bois, haut 4′ 10″, large 2′ 8″.

2. **Beham,** aussi *Boehm* (Barthelemi), né à Nuremberg 1496, † 1540. Ecolier *d'Albert Durer.*

   Une femme morte est rappellée à la vie en présence

de l'impèratrice Hélène par l'imposition de la Ste. Croix. On lit à côté des armes de bavière les mots suivans: „*Crux Christi ab Helena superitur, a Macaria, mortua suscritata adpropatur.*" ANNO CCXLIII. Signé: 1530. Bartholomae Behem. — Sur bois, haut 3' 7'', large 4' 7" 6'''.

3. **Durer** (Albert).

Le chevalier Etienne Baumgärtner de Nuremberg armé et en cotte-d'armes rouge. — Pendant du Nr. 1.*) et de même grandeur.

4. **Messis,** proprement *Matsys* (Quentin), surnommé le forgeron d'Anvers, né 1456, † 1529**).

Un homme et une femme occupès à compter et à peser des monnaies d'or et d'argent. — Sur bois, haut 2' 1" 4''', large 3' 2".

5. **Holbein** (Jean), *l'aîné*, né à Augsbourg 1450, florissait encore en 1499.

Jésus à la montagne des oliviers. — Sur bois, haut 4' 4" 6''', large 2' 7" 6'''.

---

*) Tableau d'une porte d'autel fondé par la famille Baumgärtner dans l'église Ste. Catherine à Nuremberg.

**) Anvers, ville natale de l'artiste, lui fit ériger dans l'église Notre Dame, un monument avec son portrait sculpté en pierre avec l'inscription suivante:

Conubialis amor ex mulcibre fecem Apellem.

6. **Holbein** (Jean), *l'aîné.*

Présentation de la Ste. Vierge au temple. — Sur bois, haut 5′ 6″ 6‴, large 2′ 6‴ 5‴.

7. **Schaffner** (Martin), peintre d'Ulm, florissait vers 1524.

L'annonciation à la Vierge. Signé 1523. — Sur bois, haut 9′ 5″, large 4′ 11″.

8. **Holbein** (Jean), *l'aîné.*

Flagellation du Christ. — Sur bois, haut 5′ 6″ 6‴, large 2′ 6″ 6‴.

9. **Du même.**

Nativité de Jésus. — Sur bois. Même grandeur.

10. **Maître inconnu.** *Ecole de la basse allemagne.*

St. Christophe portent l'enfant Jésus à travers un fleuve. Sur bois, haut 4′ 4″, large 5′ 6″ 6‴.

11. **Maître inconnu. Souvent attribué à Martin Schön.**

Ysethor et Susanne avec deux enfans. — Sur bois, haut 2′ 5″, large 1′ 8″ 6‴. (♂).

12. **Holbein** (Jean), *le jeune*, né à Augsburg 1498, † 1554. Ecolier de *Jean Holbein, l'aîné.*

Portrait du margrave Christophe de Bade. — Sur toile, haut 2′ 4″, large 1′ 6″.

13. **Maître inconnu**, comme Nr. 11.

St. Servace en habit épiscopal. — Sur bois, haut 2′ 5″, large 1′ 8″ 6‴. (♂).

14. **Holbein** (Jean), *l'aîné*.

Circoncision de Jésus. — Sur bois, haut 5′ 6″ 3‴, large 2′ 6″.

15. Du même.

Couronement d'épines. — Sur bois, haut 4′ 4″, large 2′ 7″ 6‴.

16. **Kulmbach** (Jean de), né 1500, † 1545. Ecolier *d'Albert Durer*.

Un saint avec une branche de laurier en main. — Sur bois, haut 4′ 10″, large 1′ 8″ 6‴.

17. **Durer** (Albert), soit disant*).

Portement de croix. Riche composition et d'un fini merveilleux. — Sur bois, haut 6′ 1″, large 4′ 6″ 6‴.

18. **Schaffner** (Martin).

Purification de Marie au temple de Jérusalem. Signé 1524. — Sur bois, haut 9′ 3″, large 4′ 11″.

---

*) D'après quelques-uns ce tableau est attribué à Jean Fischer, imitateur de Durer.

19. **Holbein** (Jean) l'aîné.

Mort de la Ste. Vierge. — Sur bois, haut 5′ 6″, large 2′ 6″ 6‴.

20. Du même.

Résurrection du Christ. — Sur boi. Même grandeur.

21. **Kulmbach** (Jean de).

Saint Zacharie. — Sur bois et sur fond d'or; haut 4′ 10″ 3‴, large 1′ 8″ 6‴.

Côté du Sud.

22. **Wohlgemuth** (Michel), né 1434, † 1519.

Le Christ sur la montagne des oliviers. Au revers l'archange Michel. — Sur bois, haut 5′ 4″ 6‴, large 3 4″ 6‴.

23. **Schaeuffelein,** aussi *Schauffelin* ou *Scheuffelin* (Jean), né 1492, † 1550. Ecolier *d'Albert Durer.*

La mort de la Ste. Vierge Marie. — Avec une peinture au revers. — Sur bois, haut 4′, large 3′ 2″. (♂).

24. Du méme.

La Ste. Vierge reçoit d'une ange la palme, comme symbole d'avoir triomphé sur la vie terrestre. Les apôtres se trouvent rassemblés près d'un portique. — Sur bois, haut 4', large 3' 2''. (♂).

25. **Schaffner** (Martin). Signé: M. S.

Descente du St. Esprit. — Sur bois, haut 9' 3'', large 4' 11''.

26. **Burgkmair** (Jean), né à Augsbourg 1473, † 1559*) Ecolier *d'Albert Durer.*

Victoire de Scipion l'africain sur l'armée d'Annibal à Zama près Carthage. — Sur bois, haut 5', large 3' 9''

27. **Wohlgemuth** (Michel).

Le crucifiement du Christ. Au revers la salutation angélique. -- Sur bois, haut 5' 4'' 6'', large 3 4'' 6''.

28. **Schaeuffelein** (Jean).

Couronement de la vierge. — Sur bois, haut 4', large 3' 2''. (♂).

29. **Marès** (Pierre de). *Ecole ancienne de là basse allemagne.* (L'époque de sa naissance et celle de sa mort sont inconnues.)

St. Maurice refuse de sacrifier aux idoles. Aile droite

*) Voyez le registre des privilèges d'Augsbourg.

du tableau Nr. 30. — Sur bois et fond doré; haut 4' 1'', large 3' 4'' 6'''. (♂)

30. **Marès** (Pierre des).

Crucifiement du Christ. Tableau du milieu. Signé: 1517 et du nom de l'artiste. Sur bois, haut 4' 1'', large 6' 9''. (♂).

31. **Messis**, proprement *Matsis* (Quentin), nommé le forgeron d'Anvers.

Circoncision de Jésus. Tableau du milieu d'un autel. Sur bois, haut 3' 2'', large 6' 3'' 6'''. (♂)

32. **Marés** (Pierre des).

Décollation de St. Maurice. Aile gauche du taubleau Nr. 30, même grandeur. (♂)

33. **Schaeuffelein** (Jean).

Jésus Christ au bord de la mer, sauve l'apôtre Pierre. Sur bois, haut 4', large 3' 2''. (♂).

34. **Wohlgemuth** (Michel).

Le corps mort du Christ descendu de la croix. Sur bois, haut 5' 4'' 6''', large 3' 4'' 6'''.

35. **Feselen** (Melchior). † 1538*).

La ville Alexia (actuellement un village dans l'auxerois

---

*) Daprès l'epitaphe, qui se trouve dans l'église des franciscains à Ingolstadt, où il y est dit:

L'an du Seigneur 1538, le 10. Avril mourut l'honnête et industrieux maitre Melcher Feselen. Dieu lui fasse grâce.

en bourgogne), occupée par les Manubiens est assiegèe et conquise par Jules César. Avec cette inscription:

Quanta Strage virum Alexia cessit
Cesareis aquilis, picta tabella notat.

et signé: M. F. 1533. — Sur bois, haut 5', large 3' 9''.

36. **Schaffner** (Martin), Signé: 1523.

La Ste. Vierge mourante, entourée des saints apôtres. — Sur bois, haut 9' 3'', large 4' 11''.

37. **Schaeuffeloin** (Jean).

Le Christ en manteau de pourpre, couronné d'épines est présenté au peuple. — Sur bois, haut 4', large 3' 2''. (♂).

38. Du même.

Le Christ sur la croix. A droite se trouvent Ste. Marie et St. Jean; au pied de la croix Ste. Madelaine, et à gauche des soldats. — Sur bois, même grandeur. (♂).

39. **Wohlgemuth** (Michel).

Resurrection du Christ. — Sur bois, haut 5' 4'', large 4' 4'' 6''.

Côté d'Ouest.

40 **Holbein** (Jean), *l'aîné.*

Ste. Barbe. — Sur bois, haut 4′ 8″, large 1′ 5″ 6‴.

41. Du même.

La salutation angélique. — Signé: Hanns holbein. — Sur bois, haut 4′ 4″ 6‴, large 2′ 7″ 6‴.

42. Du même.

Prise du Christ. -- Sur bois, haut 5′ 6″ 6‴, large 2′ 6″.

43. **Kulmbach** (Jean de).

Offrande des mages, et la mission du St. Esprit. En deux sections. Sur bois et fond d'oré; hant 7′ 6″, large 3′ 9″ 6‴.

44. **Maxing** ou **Maximin.** L'époque de sa naissance et celle de sa mort sont inconnues.

Un homme d'affaires dans son bureau. Quelques paysans paraissent pour faire des payements. — Sur bois, haut 3′ 1″ 6‴, large 3′ 8″ 6‴.

45. **Eyck** (Jean van), né 1370, † 1442. Ecolier de son frère *Hubert.*

Offrande des mages. — Sur bois, haut 3′ 10″, large 5′ 1″ 3‴.

46. **Holbein** (Jean), *l'aîné.*

Ste. Elisabethe présente à manger et a boire aux malades. — Sur bois, haut 4' 8", large 1' 5" 6'''.

47. Du même.

La visitation. — Sur bois, haut 4' 2" 7''', large 1' 8" 4'''.

48. Du même.

Le Christ et conduit devant Pilate. — Sur bois, haut 5' 6" 6''', large 2' 6" 6'''.

49. *Dans le style byzantin.*

Le crucifiement du Christ. A droite la Vierge et les saintes femmes, à gauche plusiers soldats. — Sur bois et fond d'oré; haut 5' 5", large 6'.

50. **Mielich** (Jean), né à Munich 1515, † 1572.

Portrait d'homme. — Sur bois, haut 2' 6", large 1' 11".

51. **Durer** (Albert).

Portrait d'homme. Quelques-uns veulent que ce soit le portrait de Jacques Fugger. — Peint en tempera, sur toile, haut 2' 1" 4''', large 1' 7" 3'''.

52. **Mielich** (Jean).

Portrait d'une femme habillée en noir. — Sur bois haut 2' 6", large 1' 11".

53. **Holbein** (Jean), *l'aîné.* Signé: *Depictum per Johannem Holbain Augustensem* 1502.

Le Christ après avoir été flagellé, est présenté au peuple — Sur bois, haut 5, 6″ 6‴, large 2′ 6″ 6‴.

54. Du même.

Les mages à genoux présentent leurs offrandes à l'enfant Jésus. — Sur bois, haut 4′ 4″ 6‴, large 2′ 7″ 6‴.

55. **Cocxie,** aussi *Coxcie* (Michel), né 1497, † 1592. Ecolier de *Bernard d'Orley.*

La Ste. Vierge Marie, avec une couronne d'or entrelacée de roses et de lis. Figure en grandeur naturelle. — Sur bois et fond d'oré; haut 5′ 1″, large 2′ 2″ 3‴.

56. **Kranach** (Lucas), proprement *Sunder,* aussi *Lucas Muller,* né 1472, † 1552. Il reçut ses premières leçons de son père.

La femme adultère devant Jésus Christ, entourée de beaucoup de personnages. — *George Fischer* a agrandi ce tableau. — Sur bois, haut 3′ 8″, large 4′ 8″.

57. **Bueckelear,** aussi *Beuckelaer,* (Joachim), né 1530, † 1610. Ecolier de *Pierre Artszen.*

Un marchand de poissons avec sa femme et sa fille. — Sur bois, haut 3′ 2″, large 4′ 3″ 8‴.

58. **Kulmbach** (Jean de).

Résurrection du Christ, dans la partie supèrieure; le couronement de la Vierge, dans la partie inférieure. — Sur bois et fond d'oré; haut 7′ 6″, large 3′ 9″ 6‴.

59. **Holbein** (Jean), *l'aîné.*

Jésus Christ portant sa croix. — Sur bois, haut 5′ 6″ 6‴, large 3′ 2″.

60. Du même.

Circoncision de Jésus avec le portrait du donnataire *George*, Abbé de Kaisersheim. — Sur bois, haut 5′ 6″ 3‴, large 2′ 6″.

61. **Cocxie** (Michel).

Saint Jean Baptiste, reflechissant sur sa haute mission, tient un livre dans sa main gauche, et de la droite il montre une inscription. Figure de grand. nat.*) — Sur bois, haut 5′ 1″, large 2′ 2″ 3‴.

---

*) Les tableaux Nro. 55 et 61 sont des imitations par Michel Cocxie d'après Jean van Eyck pour Philippe I., roi d'Espagne.

Côté du Nord.

62. **Holbein** (Jean), *le jeune.*

Le portrait en pied et en grandeur naturelle d'un comte *Fugger* en habit noir avec fourrure. Dans le fond une apparition céleste. Marqué: 1517. — Sur bois, haut 6' 6", large 3'. (♂).

63. **Gruenewald** (Mathieu), † 1510. Ecolier et imitateur *d'Albert Durer.*

Ste. Madelaine, soeur de Lazare. Figure de grandeur plus pue naturelle*). — Sur bois, haut 8, large 2' 8".

64. **Hemsen**, ou *Hemesen* (Jean van), né 1500, florissait à Harlem et mourut 1550. Imitateur *d'Albert Durer.*

Isaac benit son fils Jacob. — Sur bois, haut 3' 9", large 4' 6" 6"'.

65. **Burgkmair** (Jean).

Saint Jean Baptiste à l'Ile de Pathmos. — Sur bois, haut 4' 4" 8"', large 3' 10".

---

*) Les tableaux Nr. 63, 68, 69, 70 et 75 furent commandés par le Cardinal Albert de Brandenbourg, Archevêque et electeur de Mayence à Mathieu Grunewald.

66. **Sustermann** (Lambert), surnommé *Lambert Lombardus*, né 1506, † 1560. Ecolier de *Jean Mabuse* el *d'Arnold Beer*; mais il s'approcha plus du goût italien.

La sainte Vierge embrasse avec une vive expression de douleur le corps mort du Christ, qu'elle a sur ses genoux. Dans le fond se voit Jerusalem. Sur bois, haut 3′ 9″, large 3′ 2″ 6‴ *).

67. **Holbein** (Jean), *le jeune*.

Les enfants d'un comte *Fugger*. Figures de grand. nat. Pendant du Nro. 62 et même grandeur. (♂).

68. **Grunewald** (Mathieu).

Saint Lazare. Figure de grandeur plus que naturelle. — Sur bois, haut 8′, large 2′ 8″.

69. Du même.

La conversion de St. Maurice par St. Erasme, figuré sous le portrait d'Albert de Brandenbourg. Figures de grandeur plus que naturelle. — Sur bois, haut 8′, large 3′ 11″.

70. Du même.

Sainte Marthe. Figure de grand. plus que nat. — Sur bois, haut 8′, large 2′ 8″.

---

*) Ce tableau était autrefois attribué à Daniel de Volterra.

71. **Durer** (Albert).

Les apôtres St. Pierre et St. Jean, l'evangéliste. Figures de grand. nat.*) — Sur bois, haut 6' 6'', large 2, 4'' 6'''.

72. Du même.

Naissance du Christ. Marie et St. Joseph sont à genoux devant l'enfant Jésus, qui est entouré de cinq anges. Dans le fond des anges annoncent aux bergers la naissance du Sauveur**). — Sur bois, haut 4' 10'', large 4'.

73. **Burgkmair** (Jean).

La reine Esther s'approche du trône de son époux, pour demander la grace des israelites. — Sur bois, haut 3' 7'', large 4' 9'' 6'''.

74. **Homsen** (Jean van).

Saint Mathieu appelé à l'apostolat par le sauveur. — Sur bois, haut 3' 8'' 6''', large 4' 9''.

---

*) Albert Durer fit present de ces deux tableaux Nro. 71 et 76 au conseil de Nuremberg: où ils furent conservés jusqu'en 1627; mais aprés les demandes reiterées de l'electeur Max I., ils furent transportés à Munich, et remplacés par des copies faites par Vischer.

**) L'electeur Maximilien I, de Bavière reçut en 1612 ce tableau du Conseil de Nuremberg, avec des deux pièces láteràles Nro. 1 et 3 representant les frères Baumgärtner. — Voyez la vie et les ouvrages d'Albert Durer par Heller. Bamberg 1827, page 193.

75. **Grunewald** (Mathieu).

Saint Chrisosthome en habits pontificaux. Figure de grand. nat. — Sur bois, haut 8, large 2′ 8″.

76. **Durer** (Albert).

Les apôtres Paul et Marc. Figures de grand. nat. — Sur bois, haut 6′ 6″, large 2′ 4″ 6‴.

Seconde Salle.

Continuation de l'ancienne école allemande, qui peu-à peu à été reformèe par les modèles italiens.

Côté de l'Est, où se trouve la porte d'entrée.

77. **Holbein** (Jean), *le jeune.*

Portrait d'homme vêtu d'un habit fourré, ayant un bonnet noir sur la tête. Demi-figure. — Sur toile, haut 2′ 8″ 9‴, large 2′ 1″ 8‴.

78. **Bueckelear,** ou *Beuckelaer* (Joachim).

Une foire avec la reprèsentation de l'Ecce homo devant le palais de Pilate. Signé: 1568. Petites figures. — Sur bois, haut 3′ 10″, large 5′ 2″ 6‴. (♂).

79. **Burgkmair** (Jean).

S. Erasme en habits pontificaux. — Sur bois, haut 4′ 6″, large 1′ 9″.

80. **Messis**, ou *Matsys* (Quentin).

Deux usuriers occupés à compter de l'argent. Demifigures. — Sur bois, haut 3′ 2″, large 2′ 1″.

81. **Aldegraever** (Henri), né 1502 selon d'autres 1505, † 1562. Ecolier *d'Albert Durer.*

Le Christ sur la croix; au pied se trouvent les saintes femmes et St. Jean. — Sur bois, haut 3′ 4″ 6‴, large 2′ 7″ 9‴.

82. **Wohlgemuth** (Michel).

Nativité du Christ. La Ste. Vierge et St. Joseph les mains jointes, adorent à genoux l'enfant Jésus couché à terre. — Sur bois, haut 5′ 11″, large 3′ 6″.

83. **Kranach** (Lucas), *l'aîné.*

Lucrèce se donne la mort. Figure de grandeur naturelle*). — Sur bois, haut 6′, large 2′.

84. **Geraert** *d'Arlem*, né vers 1460, † 1488. Ecolier *d'Albert van Ouwater.*

Jésus Christ prend congé de sa mère. Pièce latérale. — Sur bois, haut 4′ 1″, large 1′ 5″.

---

*) Ce tableau est reconnu comme un des meilleurs ouvrages du maître.

85. **Geraerd** *d'Arlem.*

Le corps du Christ descendu de la croix. Pièce du milieu. — Sur bois, haut 4' 1'', large 3' 1'' 6'''.

86. Du même.

Résurrection du Christ. Pièce latérale. – Sur bois, haut 4' 1'', large 1' 5''.

87. Maître inconnu.

Jésus Christ sur la montagne des oliviers. — Sur bois, haut 3' 11'' 6''', large 3' 3'''.

88. **Schoen,** aussi *Schongauer* (Martin), né 1420, † 1499. Ecolier de *Lupert Rust.*

Le corps mort du Christ, soutenu par Joseph d'Arimathie, est pleuré par les saintes femmes, St. Jean et Nicodème. — Sur bois, haut 7', large 5' 1''.

89. Maître inconnu, dans le style de *Wohlgemuth.*

Portraits de trois frères *Landfried, Waldram* et *Eliland,* fondateurs du couvent de Bénédictbeuern, qui jetèrent les fondemens en 740 dudit couvent sous Odilon. — Sur bois, haut 2' 10'', large 7' 4''.

90. Maître inconnu.

Le corps mort du Christ sur les genoux de sa Ste. mère. — Sur bois, haut 3' 11'' 6''', large 2' 8''.

91. **Engelbrechtsen** (Corneille), *l'aîné*, ne 1463, † 1533. Imitateur de *Jean van Eyck*.

La crucifiement du Christ. — Sur bois, haut 4', large 5' 2'' 6'''. (♂).

92. **Burgkmair** (Jean).

Saint Nicolas, distribuant des aumônes. — Sur bois, haut 4' 6'', large 1' 9''.

93. **Durer** (Albert).

Lucrèce se donnant la mort. Signé. 1518. En grandeur naturelle. — Sur bois, haut 5' 2'' 3''', large 2' 4''.

94. Du même.

Le corps mort du Christ descendu de la croix, soutenu par Joseph d'Arimathie, est pleuré par sa mère et ses parens. — Sur bois, haut 4' 9'', large 3' 9'' 6'''.

95. **Pencz** (George), né 1500, † 1550. D'abort écolier *d'Albert Durer*, se perfectionna plus tard en Italie.

Venus et l'amour. Demi-figures de grandeur naturelle. Sur bois, haut 2' 11'' 6''', large 3' 2''.

96. **Leyden** (Lucas van), ou *Huygens*, né à Leyden 1491, † 1533. Ecolier de son père *Hugue Jacques* et de *Corneille Engelbrechtsen.*

La sainte vierge, assise dans une chambre, donne le

sein à l'enfant Jésus. — Sur bois, haut 2' 9'' 3''', large 2' 3''.

97. **Holbein** (Jean), *le jeune.*

Portrait d'homme en habit noir. Demi-figure. — Sur bois, haut 2' 4'' 6''', large 1' 10''.

98. **Beham**, aussi *Boehm* (Barthélemy).

Marcus Curtius se précipite pour le bien public dans un gouffre sur le forum à Rome. Petites figures. — Sur bois, haut 5', large 3' 10''. Signe 1540 et avec l'inscription suivante: *Marcus Curtius Juvenis bello egregius pro patrià diis manibus armatus se devovit. Tit. Livius. Lib. VII.*

99. **Mabuse** (Jean), aussi *Malbodius* ou *Maubeuge*, d'après Fiorillo aussi *Gossaert*, né entre 1496 et 1500, † 1562. Etudia en Italie.

L'archange Michel. Figure entière. — Sur bois, haut 5' 7'' 6''', large 2' 7'' 6'''. (♂).

Côté du Sud.

100. **Loth** (Charles), né 1632, † 1693. Ecolier de son pére et du *Cavaliere Liberi.*

Saint Dominique reçoit le rosaire de la sainte Vierge. — Sur toile, haut 9′ 2″, large 6′.

101. **Sandrart** (Joachim de), né 1606, † 1688. Ecolier de *Math. Merian*, *de Theodore de Bry* et de *Gérard Honthorst.*

Le mois de Janvier. Un vieillard est assis dans un fauteuil près du feu; dans le lointain on voit des garçons qui s'amusent sur la glace. Demi-figure. — Sur toile, haut 4′ 7″, large 3′ 10″.

102. Du même.

Le mois de Fevrier. Un cuisinier replét porte un pâté. — Sur toile et de même.

103. Du même.

Le mois de Mars. Un pêcheur ayant des huitres et des poissons de mer. Vue d'une tempête. — De même.

104. **Schwarz** (Christophe), né 1550, † 1597, se forma d'après le *Titien.*

Sainte Catherine. — Sur bois, haut 5′ 7″, large 2′.

105. **Schwarz** (Christophe).

Saint Jerôme à genoux devant un crucifix. Figure entière. — Sur bois, haut 5′ 7″, large 2′.

106. **Roshoof,** *Roselius* aussi *Rosenhof* ou *Röster*, florissait 1666.

Un loup devorant un agneau. — Sur toile, haut 3′ 6″, large 5′ 9″.

107. **Roos** (Henri), né 1631, † 1685. Ecolier de *Julien du Jardin*, puis *d'Adrien de Bie.*

Un taureau blanc traverse un ruisseau, où de grands arbres s'élèvent sur un terrain rocailleux. — Sur toile, haut 3′ 7″, large 4′ 6″.

108. **Mignon,** ou *Minjon* (Abraham), né 1639, † 1679. Ecolier de *David de Heem.*

Une corbeille de fruits près d'un tronc de chêne, etc. — Sur toile, haut 2′ 10″, large 2′ 3″.

109. Du même.

Un bouquet de fleurs avec différens insectes et des oiseaux. — Sur toile, haut 3′ 2″ 3‴, large 2′ 7″.

110. **Douffet,** aussi *Duffeit* (Gérard), né à Liège 1594, † 1660*).

---

*) Le noble Charles Caroll fit peindre ce tableau en 1627 en souveni de sa femme, morte en 1625, pour l'église des religieux de l'observance à Liége. Plus tard, il fut acheté par le Chevalier van Douven pour la galerie de Dusseldorf.

Le Pape Nicolas V. visite le tombeau de François d'Assisse. Sur la partie supérieure de l'église on voit des miracles au nome de ce saint. Figures entières. — Sur toile, haut 12′ 6″ 4‴, large 10′ 8′ 9‴.

111. **Mignon,** aussi *Minjon* (Abraham).

Un coq, un pigeon et d'autres oiseaux morts. — Sur toile, haut 2′ 6″, large 2′ 2″.

112. **Roos** (Henri).

Des bergers avec leurs troupeaux reposent dans un paysage. — Sur toile, haut 3′ 7″, large 4′ 6″.

113. **Pauditz** aussi *Pudiis* (Christophe), né 1518, travaillait encore vers 1666 avec *Rosenhof* à qui mieux-mieux.

Un loup déchire un agneau; un renard s'approche doucement, pour prenpre part au repas. — Sur toile, haut 3′ 10″, large 5′ 8″.

114. **Schwarz** (Christophe).

La sainte Vierge est assise sur des nues dans une gloire avec l'enfant Jésus, qu'elle tient sur ses genoux. — Sur bois, haut 6′ 1″ 3‴, large 4′ 9″.

115. **Sandrart** (Joachim de).

Le mois d'Avril. Un jardinier tient une mandore avec des fleurs printanières. Demi-figure. — Sur toile, haut 4′ 7″, large 3′ 10″.

116. **Sandrart** (Joachim de).

Le mois de Mai. Une femme cueille de fleurs. Demi-figure. — Sur toile, haut 4′ 7″, large 3′ 10″.

117. Du même.

Le mois du Juin. Un berger tond une brébis. De même.

118. **Loth** (Charles).

L'Archange Gabriel avec un garçon. Figures entières. — Sur toile, haut 9′, large 6′ 1″.

Côté de l'Ouest.

119. **Asam** (Cosme Damien), † 1739. Ecolier de son père *George*, † 1696.

La Ste. Vierge avec l'enfant Jésus est assise sur un trône; Ste. Rosalie d'un côté, et St. Dominique de l'autre. Figures entières — Sur toile, haut 8′ 9″, large 5′ 4″.

120. **Neuchatel** (Nicolas), surnommé *Lucidell*, né 1550, † 1600. Il reçut ses premières instructions à Mons.

Portrait du célèbre mathématitien Jean Neudorfer, qui, assis à une table, instruit son fils. Figures jusqu' aux genoux. — Sur toile, haut 3′ 2″, large 2′ 10″ 6‴.

121. **Roos** (Henri).

Paysage avec des rochers et des ruines; des bêtes à cornes sont couchées près d'un ruisseau. Signé: *H. ROOS* fec. 1679. — Sur toile, haut 2', large 2' 2''.

122. **Schwarz** (Christophe).

Portrait d'homme en habit noir assise, dans un fauteuil; un enfant conduit par sa mère, lui offre des cerises. Demi-figures en grandeur naturelle. — Sur toile, haut 2' 7'' 6''', large 3' 4'' 9'''.

123. **Roos** (Henri).

Portrait de l'artiste. Demi-figure. — Sur toile, haut 2' 9'', large 2' 3''.

124. Du même.

Un troupeau en repos; le berger porte en agneau à une fille couchée par terre. Signé: *H. ROOS* fec. 1676. — Sur toile, haut 1' 10'' 5''', large 2' 3'' 6'''.

125. **Pey**, ou *Pay* (Jean van), Peintre du Cabinet de l'Electeur de Bavière, né à Riedlingen 1589, † 1660.

Portrait d'homme en habit noir. Demi-figure. — Sur toile, haut 4' 2'', large 3' 3''.

126. **Roos** (Henri).

Un paysage italien, animé par des figures, des vaches, des moutons, et des chèvres. — Sur toile, haut 2' 11'' 8''', large 4' 10''.

127. **Marées** (George des), né 1697, † 1776. Ecolier de *Martin de Meytens.*

Portrait de l'artiste assis devant un chevalet; sa fille lui présente les pinceaux et la palette. Figures jusqu' aux genoux. — Sur toile, haut 4' 4" 9"', large 3' 9".

128. **Knoller** (Martin), né 1730, † 1796. Ecolier de *Paul Troger*, puis de *Raphael Mengs.*

La Ste Vierge recommande St. Benoit et St. Scholastique à la très Ste. Trinité. Figures entières. — Sur toile, haut 8' 10", large 4' 8" 10"'.

129. **Marées** (George des).

Portrait du médecin de la cour bavaroise, Erhard Winterhalter, beaufils de l'artiste; avec sa famille. Figures jusqu' aux genoux. — Sur toile, haut 5', large 3' 9".

130. **Roos** (Henri).

Paysage avec les ruines du temple de Jupiter à Rome, animé par des bergers et du bétail en repos. — Sur toile, haut 2' 11", large 4' 10".

131. **Prucker**, aussi *Brucker* (Nicolas), † 1694.

Portrait d'un jeune homme en habit noir. Demi-figure. — Sur toile, haut 4' 2", large 3' 3".

132. **Roos** (Henri).

Un troupeau en repos. Le berger et une fille jouent

avec un bouc sautant. Signé: *H. Roos* fecit 1676. — Sur toile, haut 1′ 10″ 5‴, large 2′ 3″ 6‴.

133. **Pauditz**, ou *Pudiss* (Christophe).

Buste d'un joueur de luth. — Sur toile, haut 1′ 11″ 7‴, large 1′ 6″ 3‴.

134. **Roos** (Henri).

Une armée qui se met en mouvement. Sur le devant une Dame à cheval avec son babichon. — Sur toile, haut 2′ 10‴, large 3′ 5″ 5‴.

135. **Werner** (Josephe), né 1637, † 1710. Ecolier de *Mathieu Merian.*

Représentation allégorique de l'avidité. Petites figures. — Sur toile, haut 2′ 3″, large 3′ 2″ 2‴.

136. **Loth** (Charles).

Portrait de l'artiste. — Sur toile, haut 2′ 2″, large 1′ 10″ 6‴.

137. **Rottenhammer** (Jean), né 1564, † 1622*). Ecolier de *Jean Donnauer*, puis de *Jacques Tintoret* à Venise.

La Ste. Vierge avec l'enfant Jésus dans une gloire entourée de saints, apparoit à St. Augustin. — Sur toile, haut 14′ 9″, large 9′ 10″ 6‴.

*) D'aprés le registre mortuaire d'Augsburg.

Côté du Nord.

138. **Beich** (François Joachim), né 1663, † 1718. Ecolier de son père *Guillaume* et imitateur de *Caspar Dughet.*

Paysage avec un lac. — Sur toile, haut 2' 9", large 4' 11" 6"'.

139. **Kupetzky** (Jean), né 1667, † 1740. Ecolier du peintre *Nicolas* de Lucerne.

Portrait de l'Evêque de Hutten. Figure jusqu'aux genoux. — Sur toile, haut 5' 2" 6"', large 4' 1" 6"'.

140. **Sandrart** (Joachim de).

Le mois Juillet. Une servante est occupée de fanage. Dans le lointain un chasseur allant à la chasse du héron. Figure jusqu'aux genoux. — Sur toile, haut 4' 7", large 3' 10".

141. Du même.

Le mois d'Août. Un moissoneur avec sa faucile dans un champ de froment. De même.

142. Du même.

Le mois du Septembre. Une femme soccupant de jardinage. Dans le lointain une chasse aux cerfs. De même.

143. **Loth** (Charles.)

Sara présente Agar à Abraham. — Sur toile, haut 3' 11'', large 5' 3''.

144. **Sustris,** aussi *Suster* (Frederic), né 1526, † 1599. Ecolier de son père.

Portrait de l'artiste, sous la figure de St Luc devant un chevalet. — Sur toile, haut 3' 3'', large 4' 10''.

145. **Roos** (Henri).

Paysage italien, animé d'animaux. — Sur toile, haut 2' 11'' 8''', large 4' 10''.

146. **Hamilton** (Philippe Ferdinand d') né 1664, † 1750. Ecolier de son père *Jacques*.

Dans un garde-manger où est accroché un lièvre mort, se trouve sur une table de la volatille. Un chat entre furtivement par une fenêtre ouverte, et épie sa proie. — Sur toile, haut 3' 8'', large 2' 6'' 6'''.

147. **Roos** (Henri).

Paysage avec des ruines et du bétail. Une femme présente le sein à son enfant. — Sur toile, haut 1' 8'' 4''', large 2' 8''.

148. **Beich** (François Joachim).

Paysage. Des enfans qui se moquent du prophète Elie, sont dechirés par des lions et des ours. — Sur toile, haut 1' 10'', large 2' 5''.

149. **Dietrich** (Chr. Guill. Ernest), né 1712, † 1774.
Ecolier *d'Alexander Thiele.*
Lazare dans le sein d'Abraham, et le mauvais riche dans les flammes de l'enfer Petites figures. — Sur toile, haut 2' 2", large 1' 8".

150. **Schwarz** (Christophe).
Le portement de croix, avec beaucoup de figures. — Sur toile, haut 1' 3", large 1' 10".

151. **Dietrich** (Chr. Guill. Ernest).
Paysage avec vue sur la mer; des nuages orageux s'élèvent et ombragent un village. — Sur toile, haut 1' 7" 10‴, large 1' 10" 8‴.

152. **Kauffmann** (Marie Angélique), né 1742, † 1807.
Ecolière de son père.
Portrait de l'artiste, tenant un port-crayon dans la main qui repose sur un portefeuille. — Sur toile, haut 2', large 1' 7".

153. **Mengs** (Antoine Raphael), né 1729, † 1779.
Ecolier de son père.
Portrait de l'artiste, avec pinceau et palette dans la main. — Sur bois, haut 2' 2", large 1' 8" 6‴.

154. **Marées** (Georges des).
Portrait du peintre François Joachim Beich. Ses deux mains reposent sur un portefeuille. Signé 1744. — Sur toile, haut 2', large 1' 6".

155. **Mengs** (Antoine Raphael).

Buste d'un moine à barbe blanche et un bâton à la main. Demi-figure. — Sur bois, haut 2′ 1″ 6‴, large 1′ 6″ 6‴.

156. **Oefele** (François Ignace), né 1721, † 1797. Ecolier de *Balthasar Auguste Albrecht*, puis de *Nogari*.

Portrait en buste de l'artiste, sa palette à la main. Peint dans sa 73. année. — Sur toile, haut 2′ 3″, large 1′ 8″ 6‴.

157. **Graff** (Antoine), né 1736, † 1813. Ecolier de *Jean Ulrich Schellenberg*.

Portrait en buste de l'artiste, ayant un porte-crayon à la main. — Sur toile, haut 2′, large 1′ 6″.

158. **Douffeit** (Gérard), marqué: GÉRARD DOUFFET INVENTOR F.*)

L'imperatrice Hélène fait élever la croix, qui c'est fait reconnoitre par des miracles sur des malades et des morts. Figures entières. — Sur toile, haut 9′ 7″, large 11′ 4″ 4‴.

159. **Sandrart** (Joachim de).

Le mois d'Octobre, représenté par des bacchants ivres. Dans le fond une vendange. Figures jusqu'aux genoux — Sur toile, haut 4′ 7‴, large 3′ 10″.

---

*) Dom Charles Hardi, religieux de l'Abbaie St. Laurent à Liège fit peindre ce tableau, et l'Electeur Jean Guillaume en paya le double du prix demandé.

160. **Sandrart** (Joachim de).

Le mois de Novembre. Un chasseur porte un lièvre et des oiseaux morts sur son dos; dans le lointain se voit une chasse aux sangliers. De côté l'on remarque le château de Stockau propriété de l'artiste. — Sur toile, haut 4′ 7″, large 3′ 10″.

161. **Du même.**

Portrait d'une religieuse, assise dans un fauteuil. Figure de grand. nat. — Sur toile, haut 6′ 6″ 6‴, large 4′ 4″.

162. **Beich** (François Joachim).

Une paysage. — Sur toile, haut 2′ 9″, large 4′ 11″ 6‴.

163. **Sandrart** (Joachim de).

Le mois de Décembre. Pièce de nuit. Une vieille femme ayant une bougie en main, à côté d'un bouc. Figure jusqu'aux genoux. — Sur toile, haut 4′ 7″, large 3′ 10″.

164. **Loth** (Charles).

Isaac benit son fils Jacques. — Sur toile, haut 3′ 2″ 6‴, large 4′ 8″.

165. **Hamilton** (Jean George d'), † vers 1733.

Un lièvre mort; à côté des oiseaux et un cor de chasse. — Sur toile, haut 3′ 10″ 3‴, large 2′ 8″.

166. **Mignon** aussi *Minjon* (Abraham).

Des plantes, des fleurs et des oiseaux dans un paysage. — Sur toile, haut 3′ 5″ 6‴, large 4′ 4″.

167. **Sandrart** (Joachim de).

Portrait du Comte Palatin Guillaume Philippe de Neubourg. Demi-figure de grandeur naturelle. — Sur toile, haut 3′ 3″, large 2′ 9″.

168. **Dietrich** (Chr. Guill. Ernest).

Paysage avec des cabanes de pêcheurs sur le bord d'un ruisseau. — Sur toile, haut 1′ 7″ 3‴, large 1′ 10″ 8‴.

169. **Wolf** (André).

Portrait de l'artiste. — Sur toile, haut 1′ 6″, large 1′ 1″ 6‴. (ꝭ)

170. **Dietrich** (Chr. Guill. Ernest).

Deux aveugles se conduisant l'un l'autre, sont en danger de tomber dans un précipice. — Sur toile, haut 2′ 1″, large 1′ 8″ 6‴.

171. **Beich** (François Joachim).

Saint Jean Baptiste prêchant dans un paysage. — Sur toile, haut 1′ 10″, large 2′ 5″.

172. **Roos** (Henri).

Coucher du soleil dans un paysage avec des ruines. — Sur toile, haut 2′ 1″, large 2′ 4″.

Troisième Salle.

Ecole des Pays-Bas du 16eme et 17eme siècle.

Côté de l'Est, où se trouve la porte d'entrée.

173. **Both** (Jean et André); le premier né 1610, † 1656, le second nacquit 1612. Ecolier d'Abraham Bloemaert

Paysage italien. Le soleil après une chaude journée d'automne disparait derrière des montagnes éloignées; les mulctiers arretés sur le devant sont peints par *André Both*. — Sur bois, haut 2′ 5″ large 3′ 7″. Signé: J. Both f.

174. **Champaigne** (Philipp de), né à Bruxelles 1602, † 1674. Ecolier de *Michel Bouillon de Bordeaux* et de *Jacques Fouquières.*

Buste du Maréchal de France, Henri de la Tour d'Auvergne, Vicomte de Turenne. — Sur bois, haut 2′ 5″ 2‴, large 2′.

175. **Dyck** (Antoine van), né 1599, † 1641. Ecolier de *Henri van Balen* et de *P. P. Rubens.*

La Ste. Vierge tient l'enfant Jésus, qui est debout sur une table, le petit St. Jean s'en approche. Figures jusqu'aux genoux. — Sur bois, haut 4′ 7″, large 3′ 7″.

176. Du même.

Buste d'un jeune homme. — Sur toile, haut 2′ 4″ 6‴, large 1′ 9″.

177. **Heem** (Jean David de), né 1600, † 1674. Ecolier de son père *David.*

Diverses plantes, insectes et un serpent caché sous le feuillage. — Sur toile, haut 2′ 7″ 6‴, large 3′ 6″ 6‴.

178. **Both** (Jean et André).

Mercure endort Argus sur un rocher sous un haut chêne. Les figures sont peintes par *André Both.* — Sur toile, haut 5′ 3″, large 4′ 1″.

179. **Bol** (Ferdinand), né 1611, † 1681. Ecolier de *Rembrandt.*

Abraham est sur le point de sacrifier son fils Isaak. Un ange apparait dans les airs. — Sur toile, haut 6′ 8″, large 4′ 6″.

180. **Fyt** (Jean), né 1625, † 1671. Il se forma d'après la nature.

Des chevreuils sont poursuivis par des chiens*). — Sur toile, haut 6′ 1″, large 9′ 6″.

181. **Jordaens** (Jacques), né 1594, † 1678. Ecolier *d'Adam van Oort* et de *P. P. Rubens.*

La soi-disant fête hollandaise des trois rois célèbrée par une joyeuse société etc. Signé: *J. Jor.* fec. 1616. — Sur toile, haut 7′ 4″, large 9′ 11″.

182. **Ravenstein,** aussi *Ravenstyn* (Jean van), né 1580, † 1660. Son maître est inconnu.

Portrait d'un homme habillé de noir. Demi-figure. — Sur bois, haut 3′ 2″, large 2′ 3″ 6‴.

183. **Douffet,** aussi *Duffeit* (Gérard).

Le portrait d'un homme en habit de velours rouge foncé. De la main gauche il tient ses gants. — Sur toile, haut 2′ 7″, large 2′.

184. **Ravenstein,** aussi *Ravenstyn* (Jean van).

Portrait d'une femme en habillement noir. Demi-figure. — Sur bois, haut 3′ 2″, large 2′ 3″ 6‴.

---

*) Charles Theodore reçut ce beau tableau avec trois autres en 1767 de la ville de Dusseldorf, où ils furent placés dans la galerie.

185. **Rembrandt** ***van Ryn*** (Paul), né 1606, † 1665. Ecolier de *Jacques van Zwaangenburg, de Pierre Lastmann, de Jacques Pinas et de George Schooten.*

Un vieillard assis dans un fauteuil tient une canne à la main. — Sur toile, haut 4′ 1″ 6‴, large 3′ 1″ 6‴.

186. **Fyt** (Jean).

Une chasse aux Ours. Grandeur naturelle. — Sur toile, haut 6′ 2″, large 9′ 6″ 6‴.

187. **Bloemaert** (Abraham), né 1567, † 1647. Ecolier de *Joas van der Beer, de van Heel et de Henri Wythoeck.*

Résurrection de Lazare. — Sur bois, haut 6′ 9″, large 5′ 9″.

188. **Heem** (Corneille de), né 1623. Ecolier de son père *Jean David de Heem.*

Des fruits, des fleurs et un jambon se trouvent sur une table. — Sur toile, haut 2′ 7″ 6‴, large 3′ 6″.

189. **Swanevelt** (Herman), né 1620, † 1690. Ecolier de *Gerard Dow et de Claude Lorrain.*

Paysage au couchant du soleil après une chaude journée. Le chemin est animé par des mulets et leurs conducteurs. — Sur toile, haut 2′ 6″ 6‴, large 3′ 2″ 9‴ (ℛ).

190 et 191. **Maas** (Nicolas), né 1632, † 1693. Ecolier de *Rembrandt.*

Portrait d'un jeune homme. A côtè celui de son épouse. — Sur toile, haut 3′ 10″ 6‴, large 3′ 2″.

Côtè du Sud.

192. **Lorme** (Antoine de), vivait encore vers 1660.

Intérieur d'église dans le style dorique, éclairé par un lustre, et avec beaucoup des figures. Signé: A. de Lorme 1642. — Sur bois, haut 3′ 6″ 2‴, large 4′ 11″.

193. **Dyck** (Antoine van).

Portrait de l'organiste Henri Liberti d'Anvers. Figure jusqu'aux genoux. — Sur toile, haut 3′ 3″ 6‴, large 2′ 8″ 6‴.

194. **Velde** (Adrian van der), né 1639, † 1672. Ecolier de *Jean Wynants.*

Paysage. Un pâtre remène son troupeau au village. — Sur toile, haut 3′, large 4′ 3″.

195. **Rembrandt** *van Ryn* (Paul).

Buste d'un turc coiffé d'un riche turban. Forme ovale. — Sur bois, haut 2′ 8″ 6‴, large 2′ 1″.

196. **Rembrandt** *van Ryn* (Paul).

Portrait en buste de ce célèbre peintre dans un âge avancé. — Sur bois, haut 2′ 6″, large 2′ 1″ 1‴.

197. **Diepenbeck** (Abraham van), né 1607, † 1675. Ecolier de *P. P. Rubens.*

Abraham reçoit les trois anges. Figures de demi-grandeur naturelle. — Sur toile, haut 4′ 5″, large 6′ 2″.

198. **Dyck** (Antoine van).

Le martyre de St. Sébastien. Figures entières. — Sur toile, haut 8′ 3″, large 5′ 10″.

199. **Rombouts** (Théodore), né 1597, † 1637. Ecolier *d'Abraham Janssens.*

Société de chanteurs avec un joueur de guitarre. — Sur toile, haut 4′ 1″, large 5′ 6″.

200. **Gelder** (Arnold van), né 1645, † 1727. Ecolier de *Samuel van Hoogstraten*, puis de *Paul Rembrandt.*

On habille une fiancée juive. Figures jusqu'aux genoux. — Sur toile, haut 4′ 2″ 6‴, large 4′ 10″ 6‴.

201. **Dyck** (Antoine van), et **Snyders** (François).

La bataille et la victoire de Henri IV. sur le Duc de Mayenne près St. Martin d'Eglise. Le roi Henri IV. à cheval, accompagné de Sully observe l'ordre de bataille. — Figures de demi-grandeur naturelle. — Sur toile, haut 10′ 6″ 6‴, large 8′ 9″.

202. **Fyt** (Jean).

Deux chiens se disputent une tête de veau qui se trouve dans une corbeille renversée. — Sur toile, haut 4' 1', large 5' 6'' 7'''.

203. **Dyck** (Antoine van).

Le corps mort du Christ sur les genoux de Ste. Marie, soutenue par St. Jean et par une de saintes femmes. Figures de grand. natur. — Sur toile, haut 6' 1'', large 4' 6''.

204. **Eckhout** (Gerbrand van der), né 1621, † 1674, Ecolier de *Rembrandt.*

Abraham répudie Agar et son fils Ismael. Figures de grand. natur. — Sur toile, haut 8', large 5' 9''.

205. **Snyders,** aussi *Sneyders* (François), né 1579, † 1657. Ecolier de *Henri van Balen.*

Dans un garde-manger se trouvent sur une table des fruits, des légumes, des oiseaux sauvages morts, une hure, un chevreuil et un homard épiés par un chat et un chien. On reconnait dans la figure du garde le pinceau de Rubens. — Sur toile, haut 4' 9'', large 6' 2'' 6'''.

206. **Dyck** (Antoine van).

Le portrait en buste du célèbre peintre d'animaux *François Snyders.* — Sur toile, haut 2' 3'', large 1' 9''.

207. **Dyck** (Antoine van).

Portrait de l'artiste. — Sur toile, haut 2′ 3″, large 1′ 9″.

208 **Wouwermanns** (Philippe), né 1620, † 1668. Ecolier de son père *Paul* et de *Wynants*.

Chasse au cerf. Des dames et des messieurs poursuivent un cerf par-de là une large rivière. – Sur toile, haut 2′ 5″ 6‴, large 4′ 3″ 6‴.

209. **Dyck** (Antoine van).

Portrait du calcographe *Charles Malery* d'Anvers, vêtu de noir. Demi-figure. Sur toile, haut 3′ 4″, large 2′ 9″ 6‴.

210. **Waterloo** (Antoine), né 1618, † 1679. La nature fut son modèle.

Paysage avec un forêt de chênes, au travers de la quelle mène un chemin. Sur bois, haut 3′ 2″, large 3′ 6″ 3‴.

Côté de l'Ouest.

211. **Millet,** ou *Mille* (François), nommé *Francisque*, né 1644, † 1680. Ecolier de *Laurent Frank*, puis de *Nicolas Poussin*.

Paysage italien avec des bâtimens antiques. Un berger conduit son troupeau de moutons sur le chemin qui mène sur le devant. — Sur toile, haut 3′ 8″, large 5′ 6″ 6‴.

212. **Dyck** (Antoine van).

Le corps mort du Christ sur les genoux de sa mère éplorée, pleuré par des anges. Sur toile, haut 3′ 5″, large 4′ 7″.

213. **Flink** (Govaert), né 1616, † 1690. Ecolier de *Rembrandt.*

Isaac reposant sur un lit donne la bénédiction paternelle à son fils Jacob. Figure de grand. nat. Signé G. Flink. — Sur toile, haut 3′ 4″, large 3′ 9″ 6‴.

214. **Worff** (Adrien van der), né 1659, † 1722. Ecolier *d'Eglon van der Neer.*

Sainte Madelaine assise dans un grotte, considère un tête de mort. Fig. de grand. nat. — Sur toile, haut 5′ 11″. large 4′.

215. **Dyck** (Antoine van).

Martyre de St. Sébastien. Figure entière. — Sur toile, haut 6′ 2″, large 4′ 8″.

216. **Bloemaert** (Abraham.)

Diogène montre a ses disciples un coq plumé pour tourner en ridicule la définition que Platon avait une fois donné de l'homme. — Sur toile, haut 3′ 6″ 6‴, large 4′ 6″.

217. **Dyck** (Antoine van).

Portrait du peintre *Jean de Weil* et de son épouse. Figures jusqu'aux genoux. — Sur toile, haut 3′ 4″ 6‴, large 4′ 6″.

218. **Douven** (Jean François van), né 1656, † 1727. Ecolier de *Gabriel Lambertin* et de *Christ. Puytlinck.*

Portrait de l'Electeur Jean Guillaume à cheval. — Peint 1703. — Sur toile, haut 10′ 2″, large 8′ 1″.

219. **Hondekoeter** (Melchior), né 1636, † 1695. Ecolier de son père *Gysbrecht,* puis de *Jean Baptiste Weenix.*

Combat entre un coq et un dindon. Sur toile, haut 3′ 4″ 6‴, large 4′ 6″.

220. **Dyck** (Antoine van).

Jésus guérit un paralytique. Figures jusqu'aux genoux. — Sur toile, haut 4′, large 4′ 11″.

221. Du même.

La chaste Susanne surprise au bain par les deux vieillards. Figures entières. — Sur toile, haut 6′ 2″, large 4′ 6″.

222. **Duwett** (J. Jacques), né 1617. Ecolier *d'Albert van Spiers.*

Abraham est sur le point de sacrifier son fils Isaac.

Figures entières. Signé: v. GHER. WETT. — Sur toile, haut 6′ 4″ 10‴, large 4′ 4″ 5‴.

223. **Berghem** (Nicolas), ou *Klaas*, né 1621. † 1683. Ecolier de son père *Pierre van Harlem*, de *van Goyen* et de *J. B. Weenix.*

Laban partage, le labourage entre ses domestiques. — Sur toile, haut 4′ 1″ 6‴, large 5′ 1″ 6‴.

224, **Helst** (Barthélemy van der), né 1613, † 1670. Son maître est inconnu.

Portrait de Martin Harpertz Tromp., amiral hollandais vêtu de noir. Demi-figure. — Sur bois, haut 3′ 6″, large 2′ 7″ 6‴.

225. **Everdingen** (Albert van), né 1631. † 1675. Ecolier de *Roland Savery* et de *Pierre Molyn.*

Paysage au déclin du jour. Dans une étroite vallée plantée de pins, tombe dans un gouffre une chûte d'eau par dessus des masses de rocs, sur lesquels se trouve une forge á marteau. Signé. A. v. EVERDINGEN 1656. Sur toile, haut 3′ 6″, large 2′ 9″.

226. **Douffet,** aussi *Duffeit.* (Gérard).

Portrait d'un homme barbu avec un chapeau rond sur la tête. — Sur toile, haut 3′ 3″, large 2′ 4″.

Côté du Nord.

227. **Weenix** (Jean), né 1644, † 1719. Ecolier de *Jean Baptist Weenix.*

Un liévre tué est suspendu à côté d'une gibesière et d'un fusil. A terre des perdrix et un faisan. Sur toile, haut 3′ 3″, large 2′ 11″.

228. **Berghem** (Nicolas).

Paysage avec des ruines sur des rochers escarpés. Une servante sur un cheval blanc cause avec un pâtre, qui repos près de son troupeau. — Sur toile, haut 2′ 7″, large 3′ 2″.

229. **Vinkenbooms** (David), né 1578, † 1629. Ecolier de son père *Philippe.*

Jésus Christ accompagné d'une foule de peuples porte sa croix sur le Calvaire; Ste. Veronique lui présente le suaire, pendant que sa mère tombe évanouie dans les bras des femmes qui l'entourent. Signé: DAVID VINKBOOMS f. 1611.—Sur bois, haut 3′ 6″, large 5′ 2″.

230. **Backhuisen** (Ludolf), né 1631, † 1709. Ecolier *d'Albert van Everdingen* et de *Henri Dubbets.*

Le port d'Anvers. Un grand vaisseau favorisé par le

vent entre à pleins voiles dans le port. — Sur toile, haut 3′ 5″ 6‴, large 4′ 6″ 6‴.

231. **Helst** (Barthélemy van der).

Portraits de la famille de Hutten. Le fond est un jardin. Sur bois, haut 4′ 5″, large 6′ 11″.

232. **Artois** Jacques van), né 1613, † 1665. Ecolier de *Jacques Wildens.*

Paysage avec de hauts arbres et la vue sur un fleuve. Le chemin sablonneux qui conduit à travers un bois est animé par une chasse. — Sur toile, haut 7′ 6″, large 7′ 6″.

233. **Langjan** proprement *Bockhorst* (Jean de), né 1610, † 1664. Ecolier de *Jacques Jordaens* et imitateur de *P. P. Rubens.*

Mercure planant en l'air devient amoureux de la belle Herse, fille de Kekrops. — Sur toile, haut 3′ 11″ 6‴, large 5′ 10″ 6‴.

234. **Weenix** (Jean).

Des perdrix tuées, un coq de bruyère, un coq et un paon sont couchés par terre dans un jardin à côté d'une Urne. — Sur toile, haut 4′ 7″ 6‴, large 5′ 6″.

235. Du même.

Une chasse au sanglier avec la vue sur un large ruisseau. — Sur toile, haut 10′ 8″, large 6′ 7″.

236. **Weenix** (Jean).

On voit grupé à côté d'une Urne un lièvre, une oie, un faisan et d'autres oiseaux tués et des outils de chasse. — Sur toile, haut 4′ 7″ 6‴, large 5′ 6″.

237. **Langjan**, proprement *Bockhorst* (Jean de).

Ulysse découvre Achille travesti en femme parmi les compagnes de la princesse de Skyros. — Sur toile, haut 3′ 11″ 6‴, large 5′ 10″ 6‴.

238. **Neer** (Arthur van der), né 1619, † 1683. Son maître est inconnu.

Un étang, qui se trouve dans un forêt, est entouré de grands arbres, qui se réfléchissent dans ses ondes paisibles, — Sur toile, haut 7′ 5″, large 7′ 5″.

239. **Victoors**, ou *Fictor* (Jean), né 1600, † 1670. Ecolier de *P. Rembrandt.*

Le vieux Tobie remercie Dieu avec sa famille pour sa vue recouvrée, pendant que l'ange, qui avait été le guide de son fils, lors du voyage en Médie, disparait dans les nues. Signé: 1651. — Sur toile, haut 5′ 1″, large 6′ 4″.

240. **Pynacker** (Adam, né 1621, † 1673. Se forma à Rome.

Chûte d'eau sous un pont qui s'ecroule, pendant que des muletiers font passer leurs mulets chargées, qui se trouvent en grand danger. — Signé: A. PYNACKER. — Sur toile, haut 3′ 6″ 6‴, large 5′ 6″.

241. **Breughel**, dit de *Velours* (Jean), né 1560, d'apres d'autres 1589, † 1625 et d'apres d'autres 1612. Ecolier de son père, *Pierre Breughel*, et de *Pierre Goekindt.*

Flore assise dans un jardin est parée de fleurs. Les figures sont peintes par Rubens. — Sur bois, haut 2′ 9″ 8‴, large 4′ 5″ 6‴.

242. **Jardyn**, ou *Jardin* (Charles du), surnommé *Bocksbart*, né 1630, † 1678. Ecolier de *Nicolas Berghem.*

Une chêvre malade est soignée par deux servantes. — Sur toile, haut 2′ 6″ 9‴, large 2′ 3″ 2‴.

243. **Terbourg** (Gérard), né 1608, † 1681. Ecolier de son père.

Interieur d'une chambre rustique. Des hommes de differens âges sont assis près d'une cheminée. — Sur toile, haut 3′ 9″, large 2′ 11″.

Quatrième Salle ou Salle de Rubens.

Côté de l'Ouest, où se trouve la porte d'entrée.

244. **Rubens** (Pierre Paul), né 1577, † 1640. Ecolier d'*Adam van Oort*, et d'*Otton van Veen.*

Portrait de Mylord Arundel et de son épouse. Madame d'Arundel en habits noirs est assise dans un fauteuil sous un rideau magnifiquement tissu et orné d'armoiries; elle pose sa main droite sur la tête d'un chien blanc. En arrière se trouve son epoux ayant sa main droite sur le dossier du fauteuil et la gauche appuyée sur la poignée de son épée. Figures de grand. nat. — Sur toile, haut 8′ 2″, large 8′ 3″.

245. **Du même.**

Grande chasse aux lions. Un lion et une lionne se défendant contre l'attaque de chasseurs à cheval et à pied, armés d'épées et de lances. Le combat est encore indécis. Les animaux sont peints par *Snyders*.. — Sur toile, haut 7′ 8″, large 8′ 6″.

246.* **Rubens** (Pierre Paul).

Saint Pierre et saint Paul. Figures en pied de grandeur plus que nature. — Sur toile, haut 7′ 7″, large 5′ 10″ 6‴.

247. Du même.

Le corps mort du général romain Décius, sur un lit de parade, couronné de lauriers. Esquisse. — Sur bois, haut 2′ 9″, large 3′ 9‴.

248. Du même.

La déesse de la victoire couronne de lauriers le Dieu Mars. Figures de grand. nat. — Sur toile, haut 7′ 9″, large 10′ 11″.

249. Du même.

Réconciliation des Sabins avec les Romains. Hersili, qui avait été enlevée avec ses compagnes se jete entre les deux armées combattantes, et obtient la paix. D'autres Sabines présentent leurs enfans aux combattans que ce spectacle attendrit. Figures entières de grand. nat. — Sur toile, haut 7′ 9″, large 10′ 6″ 6‴.

Côté du Sud.

250. **Rubens** (Pierre Paul).

Damnation des pêcheurs. St. Michel avec les anges vengeurs se précipite du ciel sur les réprouvés, et les jete dans l'enfer. — Sur bois, haut 8′ 11″, large 6′ 11″ 3‴.

251. Du même.

Portrait de Don Ferdinand, Infant d'Espagne et frère du Roi Philippe IV. Figure entière. — Sur toile, haut 8′ 3″, large 6′ 9″.

252. Du même.

Adoration des bergers avec une auréole céleste. Figures entières. — Sur toile, haut 14′ 4″, large 8′ 6″.

253. Du même.

Portrait de Philippe IV., roi d'Espagne, en manteau noir, et decoré de l'ordre de la toison d'or. — Sur toile, haut 3′ 7″, large 2′ 8″.

254. Du même.

Portrait d'Elisabeth de Bourbon, femme de Philipp IV. d'Espagne, en habits noirs. — Sur toile, haut 3′ 7″, large 2′ 8″.

255. **Rubens** (Pierre Paul).

Samson endormi sur les genoux de Dalila, qui lui coupe les cheveux, est pris et lié par les Philistins. — Sur toile, haut 3′ 8″, large 4′ 1″.

256. **Du même.**

Le portrait de l'artiste avec celui de sa première femme Elisabeth Brants. Figures entières et de grand. nat. — Sur toile, haut 5′ 6″, large 4′ 2″.

257. **Du même.**

Le philosophe Senêque mourant est debout dans un bassin, les veines ouvertes et teint de son sang; il semble continuer à parler malgré l'accroisement de sa faiblesse. — Sur bois, haut 5′ 9″, large 4′ 10″.

258. **Du même.**

Le jugement dernier*). Le Christ entouré de saints est

---

*) Le Duc Palatin Wolfgang Guillaume de Neubourg fit peindre ce tableau par Rubens pour l'église des Jésuites à Neuburg. Il fut transporté à Dusseldorf sous le régne de l'Electeur Jean Guillaume du Palatinat, qui commanda à Charles Cignani, pour le remplacer, une assomption de la Vièrge. Mais ce nouveau tableau obtint tant de succès, qu'il fut aussi placé dans la même galerie. Enfin, un troisième tableau représentant aussi l'assomption de la Vièrge fut fait par Dominique Zanetti ét fut placé dans l'église de Neubourg.

La note suivante prouvera l'autenticité du tableau de Rubens, qui a été mis en doute.

Les mémoires sur Antoine van Dyck, P. P. Rubens et d'autres, de assis sur des nues. Au-dessus de lui planent Dieu le père et le St. Esprit; le sceptre et le glaive flamboyant paraissent des deux côtés dans l'air. La Ste. Vièrge ainsi que des saints du nouveau et les pérès du vieux testament assis sur des nues l'entourent des deux côtés. Le sentiment de la félicité céleste brille sur leurs visages. Vis-à-vis des ces groupes, les réprouvés sont précipités dans l'enfer par l'Archange Michel. — Sur toile, haut 18′ 9″ 3‴, large 14′ 3″ 6‴.

259. **Rubens** (Pierre Paul).

Le Christ est assis à une table ayant devant lui un livre ouvert, dans lequel, se trouve la conduite de l'homme en divers états. Un prêtre en écharpe est conduit par un ange, pour rendre compte de sa vie. — Sur bois, haut 6′ 3″ 6‴, large 4′ 6″.

260. Du même.

Portrait d'Hélène Forman, seconde femme de Rubens.

William Hoockham Carpenter, traduit de l'anglois par Louis Hymars (Anvers 1845) — contiennent page 173 une liste de tableaux, que Rubens à ajouté à une lettre à l'ambassadeur d'Angleterre à la Haye, Syr Dudley Carleton (datée d'Anvers 18. Avril 1618). Cette lettre porte, que Rubens à reçu du duc Wolfgang de Neubourg pour le grand jugement dernier fl. 3500 — argent content. Après avoir peint ce tableau il un fit une répétition de 13 pieds de haut sur 9, pour le sieur Dudley dont il demanda fl. 1200. —

Figure entière de grand. nat. — Sur bois, haut 5′ 11″, large 4′ 3″.

261. **Rubens** (Pierre Paul).

Le Christ reçoit gracieusement les quatre pêcheurs: Madelaine, Pierre, David et le larron de la droite portant la croix. — Sur bois, haut 4′ 6″, large 4′.

262. Du même.

Le Christ en croix, dans le moment où il rend l'âme. — Sur bois, haut 4′ 5″, large 2′ 9″.

263. Du même.

Sept enfans portent sous une voute de rocher une guirlande de fruits. — Sur toile, haut 3′ 8″, large 6′ 4‴.

264. Du même.

Saint Michel armé du glaive flamboyant précipite les mauvais anges dans le gouffre. Figures entières de grand. nat. — Sur toile, haut 13′ 5″, large 9′.

265. Du même.

Des bacchantes se moquent de Siléne ivre, qui est soutenu par des Satyres — Sur bois, haut 6′ 6″, large 6′ 6″.

266. Du même.

La Ste. Vièrge, tient l'enfant Jésus debout sur une

table, entourée d'anges et d'une guirlande de fleurs. Les fleurs sont peintes par Breughel. — Sur bois, haut 5′ 9″, large 6′ 7″.

267. **Rubens** (Pierre Paul).

Portrait du Docteur van Thulden, en habit noir. Figure jusqu'aux genoux. — Sur bois, haut 3′ 9″ 6‴, large 3′ 3″.

268. Du même.

Portrait d'un savant, assis dans un fauteuil un livre à la main. — Sur bois, haut 3′ 5″, large 2′ 11.

Côté de l'Ouest.

269. Du même.

Le massacre des innocens. Les malheureuses mères sont représentées dans le dernier degré de désespoir. Trois anges dans les nues sément des fleurs sur ses innocentes victimes. — Esquisse sur bois, haut 6′ 3″ 9‴, large 9′ 5″.

270. Du même.

Latone poursuivie par Junon atteint avec ses enfans Castor et Pollux un étang, pour étancher leur soif; irritée de ce que des paysans travaillant dans les roseaux, lui troublent l'eau, elle les change en grenouilles. — Sur toile, haut 3′ 9″, large 7′ 1″.

271. **Rubens** (Pierre Paul.)

Mèléagre remet à Atalante la hure du sanglier. Figures entières de grand. nat. Dans le fond un paysage. — Sur toile, haut 6′ 2″, large 4′ 9‴.

272. Du même.

La sainte Trinité dans une gloire céleste *). Figures entières de grand. naturelle. — Sur toile, haut 9′ 5″, large 7′ 3″.

273. Du même.

Les suites de la guerre ménacent la vie paisible et heureuse des hommes, mais Minerve les protége contre Mars. — Sur toile, haut 7′ 1″, large 10′ 5″.

274. Du même.

Chasse au sanglier. Le danger où se trouvent les chasseurs et les chiens, est parfaitement bien représenté. Les animaux sont peints par François Snyders. — Sur toile, haut 6′ 4″, large 9′ 4″.

275. Du même.

Portrait d'Hélène Forman, seconde femme de Rubens. — Sur bois, haut 3′, large 2′ 1″ 6‴.

276. Du même.

Jésus Christ mis au tombeau. Esquisse distinguée. — Sur bois, haut 2′ 7″, large 2′ 1″.

---

*) Tableau d'autel autrefois dans l'église des pères Augustins à Munich.

277. **Rubens** (Pierre Paul).

Portrait d'un moine franciscain, ayant dans une main un livre, et une tête de morte dans l'autre. Rubens a peint ce tableau étant en Espagne. — Sur toile, haut 3′ 3″, large 2′ 5″.

Côté du Nord.

278. Du méme.

La chaste Susanne au bain, ou les rayons du soleil couchant perçent à travers les arbres, est surprise par les deux vieillards. — Sur bois, haut 2′ 5″, large 3′ 4″.

279. Du même.

La seconde femme de Rubens est assisse sous un portique ouvert, tenant son fils cadet tout deshabilé sur ses genoux. — Sur bois, haut 5′ 2″, large 3′ 8″.

280. Du même.

Portrait de Sigismond, roi de Pologne, assis sur un trône. Figure entière de grand. nat. — Sur toile, haut 6′ 10″, large 4′ 1″.

281. Du même.

Représentation allégorique tirée de l'Apocalypse. La Ste. Vierge immaculée, ayant des ailes d'aigle, porte l'enfant Jésus sur le bras et écrase du pied la tête du serpent. L'archange Michel précipite dans le gouffre le dragon à sept têtes et d'autres monstres. On voit dans le fond la ville de Freising*). — Sur toile, haut 17' 3", large 11' 4" 6'".

282. **Rubens** (Pierre Paul).

Portrait de Constance, épouse de Sigismond, roi de Pologne. Figure entière de grand. nat. — Sur toile, haut 6' 10", large 4' 1".

283. Du même.

Portrait de Don Ferdinand d'Espagne en habit de Cardinal. Figure entière jusqu'aux genoux. — Sur toile, haut 3' 8", large 2' 7".

284. Du même.

Paysage avec un ar-en-ciel, animé par la moisson du foin. — Sur bois, haut 2' 11", large 3' 9".

285. Du même.

Un guerrier en cuirace et en manteau rouge, est couronné par le génie de la victoire. Dans une main il tient une lanterne et de l'autre il embrasse le génie et pose le pied sur une figure allégorique qui représente livresse, Figures entières de grand. nat. — Sur toile, haut 6' 9", large 6' 3".

---

*) Tableau d'autel, autre-fois dans la Cathédrale de Freising.

286, **Rubens (Pierre Paul).**

Un berger embrasse une jeune femme. — Sur bois, haut 5′ 4″, large 4′ 6″.

287. Du même.

Rubens se proméne dans son jardin à Anvers, avec sa femme et son fils. — Sur bois, haut 3′ 6″, large 4′ 6″.

288. Du même.

Diane entourée de ses nymphes, repose dans un bois. Du gibier tué est à ses pieds. Le paysage est peint par *Breughel.* — Sur bois, haut 2′, large 3′ 4″ 6‴.

289. Du même.

Les nymphes de Diane fatiguées de la chasse et endormies dans la forêt, sont épiées par des faunes. — Le gibier est peint par *Breughel.* — Sur bois, haut 2′, large 3′ 4″ 6‴.

290. Du même.

Descente du Saint Esprit ou la pentecôte. Figures entières de grand. nat. — Sur toile, haut 14′ 7″ 6‴, large 8′ 5″ 6‴.

291. Du même.

Enlévement des deux soeurs Phoebe est Elaïre, filles de Leucippe, par Castor et Pollux. Figure entières de grand. nat. — Sur toile, haut 6′ 11″, large 6′ 6″.

292. **Rubens** (Pierre Paul).

Le martyre de St. Laurent. Le saint placé sur le gril dont on vient d'attiser le feu, tourne ses regards vers le ciel d'où un ange lui présente la palme — Sur bois, haut 8′ 4″, large 6′ 9″.

Cinquième Salle.

Ecole hollandaise et des Pays-Bas.

Côté de l'Ouest, où se trouve la porte d'entrée.

293. **Berghem** (Nicolas).

Paysage italien. Une rivière qui prend sa source dans des montagnes éloignées s'élargit sur le devant. Une femme assisse sur un cheval blanc, avec un troupeau qui traverse la rivière; elle parle avec un berger qui vient d'atteindre avec son troupeau le rivage opposé. — Sur toile, haut 1' 10" 6‴, large 2' 2" 6‴.

294. **Cosziau**, aussi *Cossiau* (Jean Job van), né 1654, † 1732. Imitateur de Caspar *Poussin*.

Paysage avec des grands arbres, un moulin et une rivière serpentent, animé de figures et de bétail. — Sur toile, haut 4' 6", large 7' 4" 6‴.

295. **Dyck** (Antoine van).

Portrait du peintre Jean Breughel. Demi-figure. — Sur toile, haut 2′ 7″, large 2′ 3″.

296. **Schalken** (Geoffroi van), né 1643, † 1706. Ecolier de *Samuel van Hoogstraten*, et de *Gérard Dow*.

Tableau de nuit. Un jeune homme essaie de souffler une bougie, qu'une fille qui rit tient à la main. — Sur toile, haut 2′ 5″ 6‴, large 2′.

297. **Snyders**, aussi *Sneyders* (François).

Deux lionnes poursuivent un chevreuil. Grand. nat. — Sur toile, haut 5′ 1″ 6‴, large 7′ 6″ 6‴.

298. **Weenix** (Jean).

Un cygne, un chevreuil, un liévre et divers oiseaux morts sont par terre à côté d'un piédestal, et gardés par un chasseur avec trois chiens. — Sur toile, haut 5′ 7″ 6‴, large 7′ 8″ 7‴.

299. **Teniers** (David), *le fils*, né 1610, † 1694. Ecolier de son père *David*.

Une grande foire dans les environs de Florence, qui se tient chaque année ou jour de St. Luc. Une masse de peuple avec des bêtes de somme et des marchandises circulent devant l'église de Ste. Marie della imprunata. — Sur toile, haut 8′ 5″, large 12′ 4″.

300. **Porbus** ou *Pourbus* (François), *le fils*, né 1570, † 1622, Ecolier de son père François.

Portrait en buste d'un homme vêtu de noir. Signé: 1615. — Sur bois, haut 2′ 1″, large 1′ 7″ 6‴.

301. **Bol** (Ferdinand).

Portrait d'un homme vêtu de noir, ayant la tête chauve; sa main est posée sur sa poitrine. — Sur bois, haut 2′ 8″, large 1′ 7″ 9‴.

302. **Lievens** (Jean), né 1607, † 1663. Ecolier de *Joris van Schooten* et de *Pierre Lastmann.*

Portrait en buste d'un vieillard vêtu de noir ayant des cheveux blancs et une longue barbe. — Sur toile, haut 2′ 2″, large 1′ 9″ 9‴.

303. **Schalken** (Geoffroi).

Madelaine pénitente. Pièce de nuit. Demi-figure — Sur toile, hout 3′ 3″, large 2′ 3″.

304. **Weenix** (Jean).

Un chasseur avec deux chiens auprès d'un loup tué. Un héron, un lièvre, des canards sauvages et des pigeos épars çà et là à terre. — Sur toile, haut 5′ 6″ 6‴, large 7′ 8″ 6‴.

305. **Snyders,** aussi *Sneyders* (François).

Une lionne tue un sanglier. Grand. nat. — Sur toile, haut 5′ 1″ 6‴, large 7′ 6″ 6‴.

306. **Lievens** (Jean).

Un vieillard à barbe grise tient un sablier. Demi-figure. Sur toile, haut 2′ 10″ 6‴, large 2′ 4″ 6‴.

307. **Both** (Jean) et *Wouwermanns* (Philippe).

Un paysage avec de grands arbres et une chûte d'eau au couchant du soleil. Des voyageurs à cheval sont attaquès par des brigands sur le devant. — Sur toile, haut 1′ 11″ 2‴, large 2′ 5″ 7‴.

308. *Tableau peint par divers artistes.*

Des amateurs des arts visitent une salle remplie de tableaux et d'autres objets d'arts exposés pour êtres vendus. On aperçoit à droite un groupe de figures allégoriques, aux quelles Apollon donne des conseils. Ce groupe est peint par *Jacpues Jordaens.* — Sur toile, haut 4′ 4″, large 7′ 3″.

Côté du Sud.

309. **Wynants** (Jean), né 1606, † 1677, époque où il étoit encore inscrit dans la communauté du métier à Harlem). Il est célèbre par ses écoliers *Adrien van der Velde*, *Wouwermanns* et *Lingelbach.*

Un paysage avec un chemin entre une colline de sable

couverte d'arbres et une rivière, est animé de grand matin par des bêtes à cornes et deux paysans. Les animaux et les figures sont peints par *Adrian van der Velde.* — Sur toile, haut 4′ 9″ 6‴, large 6′ 1″ 3‴.

310. **Honthorst** (Gérard), né 1592, † 1662. Ecolier *d'Abraham Bloemaert.*

Un ange délivre saint Pierre de la prison. — Sur toile, haut 4′ 8″, large 5′ 11″ 6‴.

311. **Hals** (François), né 1584, † 1666. Ecolier de *Charles van Mander, l'aîné.*

Tableau de famille; le père et la mère entourés d'enfans qui s'amusent, sont assis sous un portique ouvert, ayant la vue sur un jardin. — Sur toile, haut 7′ 7″, large 9′ 11″ 6‴.

312. **Flink** (Govaert).

Un corps de garde de soldats de la milise bourgeoise assis à une table et jouant aux dés. Demi-figures. — Sur bois, haut 2′ 9″ 4‴, large 3′ 9″ 3‴.

313. **Dyck** (Antoine van).

Portrait d'un bourguemestre d'Anvers en habit noir et en manteau. Figur en pied et de grand. nat. — Sur toile, haut 6′ 4″, large 3′ 8″.

314. **Crayer** (Caspart de), né 1582, † 1669. Ecolier de *Raphael Coxcie.*

La Ste. Vierge assise sur un trône élevé, tenant l'enfant Jésus sur ses genoux. A ses côtés Ste. Apollonie, Jean l'évangeliste, et l'apôtre Jacques. Plus bas sur les dégrés: St. Etienne avec la dalmatique, devant lui St. Laurent parlant avec St. André, qui tient la croix. Un dégré plus bas à gauche, St. Augustin en habits pontificaux, le regard tourné vers le haut. Tout en bas sur le devant se voient les portraits de l'artiste et de sa famille. Signé: CASPAR DE CRAYER fecit 1646. — Sur toile, haut 18′ 7″ 8‴, large 11′ 11″.

315. **Dyck** (Antoine van).

Portrait de l'épouse du bourguemestre représenté, sous le Nro 313, vêtue de magnifiques habits noirs. Figure en pied de grand. nat. — Sur toile, haut 6′ 4″, large 3′ 8″.

316. Du même.

La Vierge presse contre son sein l'enfant Jésus, qui dort sur ses genoux. St. Joseph s'avance sou l'ombrage des arbres. Figures jusqu'aux genoux. — Sur toile, haut 4′ 1″, large 3′ 6″.

317. **Snyders**, aussi *Sneyders* (François).

Chasse au sanglier. Un sanglier appuyé contre un tronc d'arbre, se défend contre les chiens, qui fondent sur lui de tous les côtés et dont il a deja blessé mortellement quelques uns. — Sur toile, haut 6′ 1″, large 10′ 6″.

318. **Schoonjans** (Antoine), né 1655, d'après Descamps 1650, † 1726. Ecolier *d'Erasme Quellinus.*

Narcisse amoureux de lui-même est assis sur le bord d'une rivière. — Sur toile, haut 5′ 3″, large 6′ 5″.

319. **Wynants** (Jean).

Paysage au déclin du jour avec un chemin qui se perd dans le lointain, animé par des voyageurs. — Sur toile haut 4′ 9″ 6‴, large 6′ 1″ 3‴.

Côté de l'Ouest.

320. **Weenix** (Jean).

Un lièvre, un coq d'Inde et de petits oiseaux morts à terre près de fleurs et de fruits. — Sur toile, haut 3′ 8″ 10‴, large 3′.

321. **Dyck** (Antoine van).

Portrait du célèbre sculpteur Colin de Nole. Demi-figure de grand. nat. — Sur bois, haut 3′ 10″, large 2′ 10″.

322. **Ruysdael** (Jacques), né 1637 ou 1640, † 1681. Ecolier de *Salomon Ruysdael*, mais la nature a été son principale maître.

Une cascade se précipite par-dessus des masses de

rochers. On remarque sur la hauteur un château, et une cabane entre des arbres. — Sur toile, haut 3′, large 2′ 7″ 9‴.

323. **Rembrandt** *van Ryn* (Paul).

Portrait du peintre Govaert Flink, ayant les mains croisées. Demi-figure. — Sur toile, haut 2′ 8″, large 2′ 3″.

324. **Jordaens** (Jacques).

Le satyre à table chez le paysan; qui luit fait des reproches, de ce qu'il souffle le chaud et le froid. Figures entiéres de grand. nat. — Sur bois, haut 6′, large 6′ 3″.

325. **Fyt** (Jean)

Un lévrier et d'auters chiens de chasse gardent du menu gibier mort. — Sur toile, haut 4′ 7″ 6‴, large 7′ 6″.

326. **Weenix** (Jean).

Un chien vient de renverser une corbeille remplie de pigeons, qui se trouve sur la muraille d'un jardin. Les pigeons délivrés s'envolent, pendant qu'un garçon accourt pour les en empêcher. La vue sur la mer borne l'horizon. — Sur toile, haut 10′ 7″, large 14′ 1″ 6‴.

327. **Boel** (Pierre), né 1625, † 1680. Ecolier de *François Snyders* et de son oncle *Corneille de Waal*.

Deux chiens des chasse gardent un sanglier, un c igne,

un daim et autre gibier mort. Sur toile, haut 6′ 1″, large 8′ 4″.

328. **Honthorst** (Gérard).

Cérès change en lézard le fils d'une vieille femme, qui se moquait d'elle. — Sur toile, haut 5′ 5″, large 6′ 9″ 6‴.

329. **Rembrandt** *van Ryn* (Paul).

Portrait de la femme de Govaert Flink. Signè: Rembrandt fec. 1642. Demi-figure de grand. nat. — Sur toile, haut 2′ 8″, large 2′ 3″.

330. **Both** (Jean et André).

Paysage; Argus tué par Mercure pendant son sommeil est étendu sur une pièrre sous un chêne. Junon apparait pur parer des yeux d'Argus la queue de son pâon. — Sur toile, haut 3′ 8″ 2‴, large 3′ 2″.

331. **Dyck** (Antoine van).

Portrait de l'épouse de l'artiste, née Comtesse de Gorée, fille de Lord Ruthen. Elle est assise dans un fauteuil, et sa fille enlasse son bras droit. Figures jusqu'aux genoux. — Sur bois, haut 3′ 10″, large 2′ 10″.

332. **Weenix** (Jean).

A côté d'une urne se trouvent un pâon, un coq domestique blanc, avec deux perdrix et d'autres oiseaux morts. — Sur toile, haut 3′ 9″, large 3′.

Côté du Nord.

333. **Dyck** (Antoine van).

Le portrait en pied de Geneviève d'Urphe, épouse du duc Charles Alexandre de Croi. — Sur toile, haut 6′ 5‴, large 4′ 2″ 6‴.

334. **Glauber** (Jean), né 1646, † 1726. Ecolier de *Nicolas Berghem.*

Paysage italien avec de grands arbres et une rivière, où des nymphes se baignent. Les figures sont peintes par son ami *Gérard de Lairesse.* — Sur toile, haut 2′ 10″, large 3′ 7″.

335. **Dyck** (Antoine van).

Portrait d'homme en habit noir. — Sur toile, haut 6′, large 3′ 5″ 6‴.

336. **Peters** (Jean), né 1625, † 1677.

Une tempête. Les vaisseaux sont jetés contre des rochers escarpés sur lesquels se trouve un chateau fort. Sur bois, haut 2′ 9″, large 3′ 9″.

337. **Rembrandt** ***van Ryn*** (Paul).

Portrait d'un jeune homme en habit noir, et chapeau

rond sur la tête. Demi-figure. — Sur toile, haut 3′ 6″ 6‴, large 3′ 1″ 6‴.

338. **Honthorst** (Gérard).

Cimon et Pera. Cimon condamné à mourir de faim, est nourri par sa fille. Figures jusqu' aux genoux. — Sur toile, haut 3′ 8″ 6‴, large 4′ 7″ 6‴.

339. **Fyt** (Jean).

Chasse au sanglier. Un sanglier quêté dans la forêt par les chiens se défend contre leur attaque. — Sur toile, haut 6′ 1″, large 9′ 6″.

340. **Weenix** (Jean).

Un daim mort et deux lièvres sont suspendus par les pieds de derrière à un arbre. Sur un parapet se trouvent aussi un loup mort, un sanglier et des objets de chasse; on voit à droite un chasseur avec deux chiens. Au pied de la montagne se fait remarquer une chasse aux sangliers et le château de plaisance Bensberg*) appartenant l'Electeur du Palatinat. — Sur toile, haut 10′ 7″, large 17′ 4″.

341. **Fyt** (Jean).

Sur une table dans une halle se trouve un chevreuil

---

*) L'électeur Jean Guillaume demanda à Jean Weenix de décorer le château de Bensberg de ces superbes tableaux, et le recompensa généreusement.

mort, un cigne ainsi que des fruits et un singe. A terre du gibier gardé par deux chiens. — Sur toile, haut 6', large 9' 6".

342. **Honthorst** (Gérard).

L'enfant prodigue à table en mauvaise compagnie. Figures jusqu'aux genoux. — Sur toile, haut 4' 2", large 4'.

343. **Rembrandt** *van Ryn* (Paul).

Portrait d'une jeune Dame. Pendant du Nro. 337. Demi-figure. — Sur toile, haut 3' 6" 6"', large 3' 1" 6"'.

344. **Hondekoeter** (Melchior).

Un coq d'Inde, un coq domestique et une poule blanche avev ses poussins. — Sur toile, haut 2' 10", large 3' 5".

345. **Dyck** (Antoine van).

Portrait du Duc Wolfgang Guillaume de Neubourg en habits noirs, avec son grand chien à son côté. Figure en pied. — Sur toile. haut 6' 2", large 4' 1".

346. **Millet**, ou *Mille* (François), nommé *Francisque*.

Paysage avec la vue sur la mer au bord de laquelle s'élèvent des montagnes escarpés. Sur le devant une femme cueille des fruits pour ses enfans, qui reposent à l'ombre. — Sur toile, haut 3' 3'', large 3' 8'' 6'''.

347. **Dyk** (Antoine van).

Le portrait de Charles Alexandre, duc de Croi, marquis du Havre, la main gauche appuyé sur son épée. — Sur toile, haut 6' 5'', large 4' 2'' 6'''.

Sixième Salle.

Ecole espagnole et française.

Côté de l'Ouest, où se trouve la porte d'entrée.

348. **Murillo** (Barthélemy Etienne), né 1618*), † 1682. Ecolier de ***Jean de Càstille***, puis de ***Pierre de Moya***, et enfin ami et rival de ***Velasquez***.

Deux jeunes mendians; l'un mange avec beauboup d'appétit du raisin pendant que l'autre dévore un melon. Figures entères de grand. nat. — Sur toile, haut 4' 6", large 3' 4".

349. Du même.

Deux polissons alertes mangent leur pain et leurs fruits

---

*) D'après un extrait baptistaire de l'église Ste. Madelaine à Seville.

en plein air. Figures entières de grand. nat. — Sur toile, haut 4′ 2″ 6‴, large 3′ 6″.

350. **Herrera** (François de), nè 1622, † 1685. Ecolier de son père.

Mercure apparait à deux vieillards. Demi-figures. — Sur toile, haut 2′ 8″ 10‴, large 4′ 3″.

351. **Zurbaran** (François), né 1598, † 1662. Ecolier de *Juan de las Roellas* et de *Michel-Ange de Carravage.*

Le disciple St. Jean accompagne la mère éplorée du Sauveur sur la montagne Golgatha. — Sur toile, haut 6′, large 3′ 5″.

352. **Ribera** (Joseph), dit *l'Espagnolet*, né 1589, † 1656. Ecolier de *François de Ribalta.*

Saint Pierre repentant. Figure jusqu'aux genoux de grand. nat. — Sur toile, haut 4′ 2″, large 3′ 2″ 6‴.

353. **Cano** (Alonzo), peintre, sculpteur et architecte, né 1601, † 1667. Ecolier de *François Pacheco* et de *Jean de Castillo.*

Saint Antoine de Padoue, ayant l'enfant Jésus sur ses bras, est à genoux devant la sainte Vierge, qui vient de lui apparaître. — Sur toile, haut 4′ 11″ 6‴, large 3′ 5″.

354. **Ribera** (Joseph), dit *l'Espagnolet.*

Senêque mourant est entourée de ses disciples, qui notent ses derniers avis. Figures entières de grand. nat. — Sur toile, haut 8′ 10″, large 8′ 3″.

355. Du même.

Un bourreau montre la tête de St. Jean Baptiste. Figure jusqu'aux genoux. — Sur toile, haut 3′ 11″ 6‴, large 2′ 11″ 2‴.

356. Du même.

Archimède tient un miroir ardent de metal à la main. Demi-figure de grand. nat. — Sur toile, haut 4′, large 3′ 1″.

357. **Murillo** (Barthélemy-Etienne).

Deux polissons espagnoles jouent aux dés. Un troisième se trouve auprès d'eux avec son chien et mange du pain. — Figures de grand. nat. — Sur toile, haut 4′ 6″, large 3′ 4″.

358. Du même.

Quatre polissons, dont deux jouent aux cartes, sont couchés devant une cabane. Figures de grand. nat. — Sur toile, haut 3′ 7″ 2‴, large 2′ 11″ 6‴.

359. **Herrera** (François de).

Susanne au bain. Demi-figure de grand. nat. — Sur toile, haut 2′ 8″ 10‴, large 4′ 3″.

360. **Ribera** (Joseph), dit *l'Espagnolet.*

Saint Jerôme dans le désert est à genoux ayant devant lui un livre ouvert, et une tête de mort. Figure de grand. nat. — Sur toile, haut 6', large 4' 5''.

Côté du Sud.

361. **Pereda** (Don Antoine de), né 1599, † 1669. Ecolier de *Pierre de las Cuevas* et de *Baptiste Creszentio.*

Une société espagnole joue aux cartes. — Sur toile, haut 4' 2'' 6''', large 6' 3''.

362. **Antonilez** de Sarabia (Don François), né . . . *) † 1700. Ecolier de *Barthélemy Murillo.*

Saint Jerôme dans le désert. Figure jusqu'aux genoux — Sur toile, haut 3' 5'', large 4'.

363. **Ribera** (Joseph), dit *l'Espagnolet.*

Le corps de St. André est déscendu de la croix du martyre. Figures entières de grand. nat. — Sur toile, haut 8' 10'', large 6' 8'' 6'''.

364. **Velasquez** de Silva (Don Diego), né 1599, † 1660. Ecolier de *Herrera* (l'aîné) et de *Pacheco.*

Un garçon mendiant. — Sur toile, haut 3', large 2' 3''.

*) Antonilez alla en 1672 chez son oncle à Madrid. Comparez le dict. des peintres espagnols de Quillet, page 7.

365. **Ribera** (Joseph), dit *l'Espagnolet.*

Une vieille femme tient une poule dans la main et au bras une corbeille plein d'oeufs. Demi-figure d grand. nat. — Sur toile, haut 2′ 5″ 9‴, large 1 11″ 3‴.

366. **Velasquez** *de Silva* (Don Diego).

Portrait d'un Espagnol ayant une barbe en pointe e des moustaches. — Sur bois, haut 1′ 7″, larg 1′ 3″.

367. **Du même.**

Buste du Cardinal Rospigliosi*). — Sur toile, hau 1′ 8″, large 1′ 4″ 6‴.

368. **Murillo** (Barthélemy-Etienne).

Une fille assise sur une pierre compte de l'argent, pou payer à un garçon qui est à genoux, les fruits qu'ell venait de choisir dans une corbeille. Figures entière de grand. nat. — Sur toile, haut 4′ 7″, large 3′ 5″ 6‴.

---

*) Le Cardinal Rospigliosi fut envoyé en Espagne par le Pape Urban VII comme Nonce près de Philippe IV. Il fut ensuite pape sous le nom de Clement IV. (1667) et fut peint par Charles Maratte; leque portrait se trouve à l'hermitage à St. Petersbourg.

369. **Rodriguez** (Blanez Benoît), né 1650, † 1737. Imitateur *d'Alonzo Cano.*

Portrait d'un guerrier. Figure jusqu'aux genoux de grand. nat. — Sur bois, haut 3′ 9″, large 2′ 10″ 6‴.

370. **Pantoja de la Crux** (Jean), né à Madrid 1551, † 1610. Ecolier de *Sanchez Coello.*

Portrait de l'Archiduc Albert d'autriche, époux de l'Infante Isabelle d'espagne. Signé: IOANNES DE LA † FACIEBAT MADRITI 1600. Figure jusq'aux genoux de grand. nat. — Sur toile, haut 3′ 3″, large 3′.

371. **Murillo** (Barthélemy-Etienne).

Saint François guérit un paralytique devant la porte d'une eglise. On remarque sur le second plan deux religieux. Figures de grand. nat. — Sur toile, haut 6′ 9″ 6‴, large 4′ 6″ 3‴.

372. **Velasquez** *de Silva* (Don Diego).

Loth en fuite de la fille de Sodome est assis sur la terre entre ses deux filles prenant la coupe pleine de vin, que l'une d'elles lui présente. Figures entières de grand. nat. — Sur toile, haut 4′ 6″, large 6′ 6″. (♇).

373. **Zurbaran** (Erançois).

Saint François en profonde méditation tient une tête de mort. Demi-figure. — Sur toile, haut 2′, large 1′ 7″ 10‴.

374. **Collantes** (François), né 1599, † 1656. Ecolier de *Vicenzo Carducho.*

Paysage traversé par un fleuve. Signé: F. C. Les figures sont peintes par *Murillo.* — Sur bois, haut 1′ 5″ 6‴, large 1′ 11″ 6‴.

375. **Velasquez** *de Sylva* (Don Diego).

Buste d'un guerrier en armure coiffé d'un bonnet décoré d'une plume et de bijoux. — Sur toile, haut 2′ 7″, large 1′ 7″.

376. **Murillo** (Barthélemy-Etienne).

Une vieille femme épouille un garçon, tandis qu'il mange du pain qu' il parait partager avec son chien. Figures de grand. nat. — Sur toile, haut 4′ 5″, large 3′ 4″.

377. **Ribera** (Joseph), dit *l'Espagnolet.*

Un philosophe avec un livre à la main. Demi-figure de grand. nat. — Sur toile, haut 3′ 7″, large 2′ 11″ 6‴.

378. **Pantoja de la Crux** (Jean).

Portrait de l'Infante Isabelle, fille de Philippe II., épouse de l'Archiduc d'autriche. Pendant du Nro. 370. Signé: JOANNES DE LA † FACIEBAT MADRITI 1600. Figure jusqu' aux genoux de grand. nat. — Sur toile, haut 3′ 3″, large 3′.

379. **Coello** (Don Claudio), né 1630, † 1693. Ecolier de *François Ricci* et ami de *Carreno.*

Saint Pierre d'Alcantara, ayant laissé son vaisseau au bord du rivage, marche avec un frère laï sur les ondes de la mer, confiant en la tout-puissance de Dieu et encourage son craintif compagnon. Figures de grand. natur. — Sur toile, haut 7′ 1″, large 6′ 1″ 6‴.

380. **Velasquez** *de Sylva* (Don Diego).

Portrait d'un jeune espagnol en habit noir, avec une main non achevée. Demi-figure. — Sur toile, haut 2′ 9″, large 2′ 1″ 6‴.

381. Du même.

Buste d'homme. On le regarde comme le portrait de l'artiste. — Sur toile, haut 2′ 1″, large 1′ 6″ 9‴.

382. **Pereda** (Don Antoine de).

Deux officiers espagnols jouent au jeu de dames. — Sur toile, haut 1′ 4″ 6‴, large 1′ 9″.

383. **Ribera** (Joseph), dit *l'Espagnolet.*

Un vieillard contemple une tête de mort. — Sur toile, haut 2′ 4″, large 1′ 11″.

384. **Pereda** (Don Antoine de).

Portrait d'un Gentilhomme espagnol en habit rouge,

son chien à côté de lui. — Figure jusqu'aux genoux. — Tur toile, haut 3′ 8″, large 2′ 7″.

385. **Ribera** (Joseph), dit *l'Espagnolet.*

Manassé, roi des Israelites. Demi-figure de grand. nat. — Sur toile, haut 2′ 11″ 5‴, large 2′ 2″ 8‴.

386. **Du même.**

Saint Barthélemy. — Sur toile, haut 3′ 1″, large 2′ 7″.

387. **Pereda** (Don Antoine de).

Un jeune homme se fait dire par une bohémienne la bonne aventure, pendant qu'on lui vole sa bourse. Demi-figures. — Sur toile, haut 4′ 2″ 6‴, large 6′ 3″.

Côté de l'Ouest.

388. **Meulen** (Antoine François van der), né 1634, † 1690. Ecolier de *Pierre Snayers.*

Prise de la ville de Dole sur la rivière du Doux en Bourgogne par Louis XIV. — Sur toile, haut 5′ 10″ 6‴ large 9′ 9″.

389. **Courtois** (Jacques), dit le *Bourguignon.* Né 1621, † 1676. Ecolier de son père.

Un champ de bataille couvert de cadavres et de soldats mourants. — Sur toile, haut 3′ 8″, large 6′ 9″.

390. **Pesne** (Antoine), né 1710, † 1770. Ecolier de son père et de *Charles de la Fosse.*

Une jeune fille en chapeau de paille pose la main sur une corbeille de fruits. Demi-figure de grand. nat. — Sur toile, haut 2′ 11″, large 2′ 3″ 6‴.

391. **Gelée** (Claude), dit *le Lorrain.* Né 1600, † 1682. Ecolier *d'Auguste Tassi* et de *Paul Brill.*

Le soleil couchant éclaire les montagnes qui brillent au crépuscule. Sur le devant au bord d'une large rivière s'arrètent des pâtres en faisant de la musique, pendant que leurs troupeaux s'acheminent par un gué au côté opposé. — Sur toile, haut 2′ 3″, large 3′.

392. **Brun** (Charles le), né 1619, † 1690. Ecolier de *Simon Vouet.*

Portrait de Madame de Lavallière, représentée comme Ste. Madelaine renonçant, avec un repentir vif et touchant, à toutes les vanités du monde. Demi-figure. — Sur toile, haut 2′ 7″ 3‴, large 1′ 9″ 9‴.

393. **Valentin** (Moïse), né 1600, † 1632. Ecolier de *Simon Vouet.*

La présentation du Christ. au peuple. Figure jusqu'aux genoux. — Sur toile, haut 4′ 1″ 5‴, large 3′.

394. **Vernet** (Claude Joseph), né 1714, † 1789. Ecolier de son père, puis de *Locatelli.*

Le matin. Sur les bords d'un rivage se trouve un superbe palais, animé par beaucoup de figures. — Sur toile, haut 2′ 3″ 9‴, large 2′ 10″.

395. **Bourdon** (Sébastien), né 1616, † 1671. Ecolier de son père.

Un four à choux romain entouré de personnages déguenillés, sur le plan du milieu se voit le sépulcre de Cecilia Metella et le château St. Ange. — Sur toile, haut 5′ 3″, large 7′ 7″ 6‴.

396. **Vernet** (Claude Joseph).

Le soleil se couchant derrière les ruines des palais des empereurs à Rome, avec les bords d'un lac ajouté sur le devant. — Sur toile, haut 2′ 3″ 9‴, large 2′ 10″.

397. **Vivien** (Joseph), né 1657, † 1735. Ecolier de *Charles le Brun.*

Portrait de l'artiste. Il est occupé à esquisser le portrait de Max Emanuel. Figure jusqu'aux genoux. — Sur toile, haut 3′ 10″, large 2′ 10″.

398. **Vivien** (Joseph), né 1657, † 1735. Ecolier de *Charles le Brun.*

Portrait en buste de Fénélon, archevêque de Cambray. — Sur toile, haut 2′ 5″ 9‴, large 1′ 11″ 4‴.

399. **Gelée** (Claude), dit *le Lorrain.*

Le matin. Un port de mer, décoré d'arcs de triomphe antiques, est éclairé par le soleil qui se lève au-delà de l'horizon de la mer, et qui brille dans les ondes. Des matelots sont occupés sur le devant à charger un vaisseau. — Sur toile, haut 2′ 3″, large 3′.

400. **Rigaud** (Hyacinthe), né 1659, † 1743. Ecolier de son père.

Portrait en buste de Chrétien III., Duc de Deux-Ponts. — Sur toile, haut 2′ 6″ 4‴, large 1′ 11″.

401. **Courtois** (Jacques), dit le *Bourguignon.*

Une bataille. — Sur toile, haut 3′ 9″, large 6′ 9″.

402. **Meulon** (Antoine François van der).

Siège de Tournay en Flandre. — Sur toile, haut 6′, large 10′ 8″.

Côté du Nord.

403. **Vernet** (Claude Joseph).

Une ville maritime en flammes. Effet de nuit. — Sur toile, haut 1′ 8″ 7‴, large 4′ 2″ 6‴.

404. **Moine** (François le), né 1688, † 1737. Ecolier de *Louis Galloche.*

Une société de chasseurs prenant des rafraîchissemens en plein air auprès d'un moulin. — Sur toile, haut 6′ 11″ 4‴, large 5′ 8″.

405. **Meulen** (Antoine François van der).

La prise de Lille. — Sur toile, haut 7′ large 10′.

406. **Valentin** (Moïse).

La reine Artemise visite un faiseur de paniers. Figures jusqu'aux genoux de grand. nat. — Sur toile, haut 4′ 2″, large 3′ 9″.

407. **Gelée** (Claude), dit *le Lorrain.*

Paysage au levé du soleil. Sur le devant Agar et Ismael renvoyés de chez Abraham. — Sur toile, haut 3′ 3″ 2‴, large 4′ 4″.

408. **Poussin** (Nicolas), né 1594, † 1665. Ecolier de *Quentin Varin.*

Le roi Midas prie Bacchus de reprendre le don qu'il

lui avait accordé, de changer en or tout ce qu'il toucherait. — Sur toile, haut 3', large 4' 2".

409. **Vernet** (Claude Joseph).

Coucher du soleil. Des marins sort occupés sur le bord de la mer. — Sur toile, haut 3' 6", large 5'.

410. **Du même**

La mer calme. Près d'un rocher on voit une femme et quelques pêcheurs. — Sur toile, haut 1' 5", large 2' 1".

411. **Vivien** (Joseph).

Le portrait en pied de Maximilien Emanuel, électeur de Bavière. Figure de grand. nat. — Sur toile, haut 7' 3" 6‴, large 5' 3" 6‴.

412. **Vernet** (Claude Joseph).

Une tempête. Un vaisseau échoue contre des écueils de rochers. Signé: J. VERNET f. 1760. — Sur cuivre, haut 1' 7", large 2'.

413. **Sueur** (Eustache le), né à Paris 1617, † 1655. Ecolier de *Simon Vouet*.

Jésus Christ avec plusieurs apôtres chez Marthe; sa soeur Madelain est assise devant le Sauveur, et l'écoute avec recueillement.—Sur toile, haut 5' 3", large 4'. (ρ)

414. **Vernet** (Claude Joseph).

Un orage sur mer. Des vaisseaux sont en danger d'échouer. — Sur toile, haut 3′ 6″, large 5′.

415. **Poussin** (Nicolas), né 1594, † 1665. Elève de *Quentin Varin.*

Adoration des bergers. — Sur toile, haut 3′ 1″, large 4′ 1″.

416. **Gelée** (Claude), dit *le Lorrain.*

Paysage au soir. L'ange montre à Agar une source, qui se trouve sur une élévation.— Sur toile, haut 3′ 3″ 2‴, large 4′ 4″.

417. **Poussin** (Nicolas).

Mise au tombeau du Christ. Une des femmes accourt à bras ouverts au secours de la mère du Saveur qui est tombée en défaillance; Nicodème prépare le tombeau. St. Jean est absorbé de douleurs. — Sur toile, haut 3′ 2″, large 4′ 6″ 6‴.

418. **Meulen** (Antoine François van der).

Louis XIV., fait canonner la ville d'Oudenarde en Flandre. — Sur toile, haut 6′ 11″, large 9′ 10″.

419. **Vernet** (Claude Joseph).

Marine. Le soleil parait sur la mer au travers d'un

brouillard, qui se dissipe. — Sur toile, haut 1′ 8″ 7‴, large 4′ 2″.

420. **Brun** (Charles le).

Jean l'évangeliste dans l'Ile de Pathmos. Figure entière en grand. nat. — Sur toile, haut 6′, large 5′.

Septième Salle.

Ecole italienne.

Côté de l'Ouest, où se trouve la porte d'entrée.

421. **Barbieri** (Giovanni Francesco), dit *il Guercino da Cento*, né 1590, † 1666. Ecolier de *Cremonini* et de *Benedetto Gennari*.

Couronnement du Christ. Figures jusqu'aux genoux de grand. nat. — Sur toile, haut 3′ 6″ 6‴, large 4′ 9″.

422. **Carrache** (Augustin), né 1558, † 1602. Elève de *Louis Carrache*.

Saint François reçevant les stigmates, son regard est tourné vers l'apparition céleste. Demi-figure. — Sur toile, haut 4′ 3″, large 3′ 4″.

423. **Ferri** (Ciro), né 1634, † 1689. Ecolier de *Pietro de Cortona*.

Repos en Egypte. Fig. de grand. nat. — Sur toile, haut 4′ 4″, large 4′ 10″.

424. **Cagliari**, aussi *Caliari* (Paul), nommé *Veronèse*, né 1530, † 1588. Ecolier *d'Antoine Badile*, son oncle.

La justice et la prudence. Fig. entières de grand nat. — Sur toile, haut 6′ 5″, large 4′ 1″.

425. Du même.

Une mère avec trois enfans. Représentation allégorique de la Charité. Fig. entières de grand nat. — Sur toile, haut 6′ 5″, large 4′ 1″ 3‴.

426. **Procaccini** (Jules César), né 1584, † 1626. Ecolier de son père, se forma plus tard d'après les grands maîtres.

La Ste. famille. La Vierge tient l'enfant Jésus sur ses genoux pendant que St. Joseph se penche par dessus ses épaules. Un ange à genoux, présente des fleurs à l'enfant. — Sur toile, haut 5′ 4″, large 3′ 6″.

427. **Belucci** (Antoine), né 1654, † 1726. Ecolier de *Dominique Definico.*

Psyche armée d'un poignard, regarde à la lueur d'une lampe l'amour qui dort. Presque de grand. nat.*) — Sur toile, haut 2′ 10″, large 5′ 3″ 7‴.

---

*) Ce tableau est le pendant d'ecrits sous le Nro. 459, furent commandés à l'artiste par l'Electeur Jean Guillaume.

428. **Cignani** (Charles), né 1628, † 1719. Elève de *François Albani.*

Jupiter encore enfant est nourri du lait de la chêvre Amalthée; une nymphe tient la chêvre; des nymphes et des satyres faisant de la musique entourent cette groupe*). — Sur toile, haut 4′ 11″, large 7′.

429. **Cagliari,** ou *Caliari* (Paul), nommé *Veronèse.*

La foi et la piété sont représentés par deux figures symboliques. — Sur toile, haut 6′ 5″, large 4′ 2″.

430. **Du même.**

La force et la tempèrance. Deux figures symboliques avec leurs emblêmes. Figures entières de grand nat. — Sur toile, haut 6′ 5″, large 4′ 2″.

431. **Celesti** (André Chevalier), né 1637, † 1706. Ecolier de *Mathieu Ponzone.*

Madelaine pénitente aux pieds du Sauveur. Fig. de grand. nat. — Sur toile, haut 6′ 8″, large 4′ 3″ 6‴.

432. **Procaccini** (Camille), né 1546, † 1626. Elève de son père.

La sainte famille en repos sous un arbre. Au milieu la Vierge avec l'enfant; au fond St. Joseph, à côté Elisabeth avec le petit Jean. — Sur toile, haut 6′ 1″, large 4′ 6″.

---

*) Le dernier tableau de cet artiste représentait la naissance de Jupiter, qu'il fit à l'âge de 80 ans pour l'Electeur Jean Guillaume du Palatinat.

433. **Tiarini** (Alexandre), né 1577, † 1668. Ecolier de *Prosper Fontana*, puis de *Barthélemy Cesi.*
Tancrède dans le bois enchanté. Fig. jusqu'aux genoux. — Sur toile, haut 3′ 4″, large 4′ 4″.

434. **Cavedone** (Jacques), né 1577, † 1660. Elève des *Carraches.*
Le corps mort de Jésus Christ pleuré par un ange, Fig. de demi-grand. nat. — Sur toile, haut 1′ 8″ 6‴, large 4′ 4″ 6‴.

Côté du Sud.

435. **Carrache** (Louis), né 1555, † 1619. Ecolier de *Prosper Fontana*, de *Tintoret*, de *Passignan* et imitateur du *Corrège.*
St. François d'Assise avec un ange qui fait de la musique. Demi-fig. de grand. nat. — Sur toile, haut 4′ 4″, large 3′ 7″.

436. **Cagliari**, ou *Caliari* (Paul), dit *Veronèse.*
Portrait d'une femme. Fig. jusqu'aux genoux. — Sur toile, haut 3′ 8″, large 3′ 2″ 6‴.

437. **Robusti** (Jacques), dit *Tintoret*, né 1512, † 1594. Ecolier du *Titien.*
La naissance du Christ, où l'adoration des bergers. Fig. de demi-grand. nat. — Sur toile, haut 3′ 11″ 3‴, large 2′ 11″ 6‴.

438. **Zampiori** (Dominique), dit le *Dominiquin*, né 1581, † 1641. Elève de *Dionis Calvart* et des *Carraches*.

Hercule, filant près d'Omphale, est tourné en derision par les compagnes d'Omphale. Fig. pas tout-à-fait de grand. nat. — Sur toile, haut 5′ 1″ 6‴, large 7′ 3″ 6‴.

439. **Franceschi** (Paul), né 1540, † 1596. Ecolier du *Tintoret*.

Le corps mort du Christ déposé sur les genoux de Ste. Marie; à côté se trouvent St. Jean et Joseph d'Arimathie. Fig. entières. — Sur toile, haut 5′ 2″, large 4′ 1″ 2‴.

440. **Carrache** (Annibal), né 1560, † 1609. Ecolier de son oncle *Louis Carrache*.

Susanne au bain, surprise par les deux vieillards. — Sur toile, haut 6′ 10″, large 6′ 5″ 7‴.

411. **Palma** (Jacques), le jeune, né 1544, † 1628. Ecolier de son père et de *Tintoret*.

St. Sébastien mourant. Figure entière de grand nat. — Sur toile, haut 5′ 9″, large 3′ 10″.

442. **Giordano** (Luca), nommé *Luca fa presto*, né 1632, † 1705. Ecolier de *Joseph Ribera* et de *Pierre de Cartone*.

Massacre des innocens. Figures de grand. prèsque nat. — Sur toile, haut 5′ 9″ 6‴, large 12′ 1″.

443. **Giordano** (Luca) nommé *Luca fa presto.*

Le Christ cloué à la croix est élevé par les bourreaux. Petites figures. Signé: JORDANUS F. etatis suae 55. 1660. — Sur toile, haut 3′ 8″, large 6′ 11″ 5‴.

444. **Mola** (Pierre François), né 1612, † 1668, d'après d'autres 1621, † 1666. Ecolier de *Joseph d'Arpino* et *d'Albani.*

Madelaine repentante à genoux devant un crucifix. Figure entière de grand. nat. — Sur toile, haut 3′ 10″ 6‴, large 4′ 2″.

445. **Lanfranco** (Jean, Chevalier), né 1581, † 1647. Elève des *Carraches.*

L'ange du Seigneur montre à Agar une source d'eau. Figures jusqu'aux genoux. — Sur toile, haut 5′ 8″, large 4′ 8″.

446. **Reni** (Guide), né 1575, † 1642. Ecolier de *Dionis Calvart* et des *Carraches.*

St. Jerôme assis, lisant dans un livre. Figure entière. — Sur toile, haut 6′ 4″, large 4′ 7″.

447. **Zampieri** (Dominique), dit le *Dominiquin.*

Hercule furieux tue sa femme et ses enfans. Prèsque de grand. natur. — Sur toile, haut 5′ 1″ 6‴, large 7′ 3″ 6‴.

448. **Palma** (Jacques), le jeune.

Le corps mort du Christ sur le genoux de sa Ste. mère, est soulevé par ses amis. Moins que grand. nat. — Sur toile, haut 3′ 11″, large 3′ 1″ 6‴.

449. **Carrucci** (Jacques), dit le *Pontorme*, né 1499, † 1558. Ecolier de *Pierre de Cosimo* et *d'André del Sarto.*

La Ste. Vierge est assise à terre tenant un livre à la main; l'enfant Jésus se penche sur ses genoux — Sur bois, haut 3′ 9″ 6‴, large 3′ 2″. (℘)

450. **Vecellio**, *Titien de Cadore*, né 1477, † 1576. (Quelques uns mettent sa naissance à 1840.) Ecolier de *Jean Bellin.*

La Ste. Vierge est assise à terre avec l'enfant Jésus; saint Antoine, St. François et St. Jerôme, l'entourent avec une profonde vénération. Fig. de demi-grand. nat. — Sur toile, haut 3′ 2″, large 4′ 3″ 4‴.

Côté de l'Ouest.

451. **Rotari** (Pierre, Comte de), né 1707, † 1762, Ecolier de *d'Antoine Balestra*, de *François Trevisani* et de *Solimène.*

Une jeune fille affligée tient une lettre à la main. Figure jusqu'aux genoux de grand. nat. — Sur toile, haut 3′ 3″ 8‴, large 2′ 7″ 9‴.

452. **Moroni** (Jean Baptiste d'Albino), né 1510, † 1578. Eleve d'*Alexandre Bonvicini* dit *Moretto da Brescia.*

Portrait d'un écclésiastique avec une longue barbe, couvert d'une barette. Figure jusqu'aux genoux. — Sur toile, haut 2′ 9″, large 2′ 4″.

453. **Dolce** (Carlo), né 1616, † 1686. Ecolier de *Jacques Vignali.*

La Ste. Vierge avec l'enfant Jésus, qui est debout et tient une rose. Demi-figure. — Sur toile, haut 2′ 9″, large 2′ 4″.

454. **Romanelli** (Jean François), né 1617, † 1662. Ecolier de *Pierre de Cortone.*

Herodias avec la tête de Jean Baptiste. Demi-figure. — Sur toile, haut 3′ 7″, large 2′ 11″.

455. **Reni** (Guide).

Apollon écorchant Marsias. Figures entières de grand. nat. — Sur toile, haut 6′ 10″ 6‴, large 5′ 3″.

456. **Zanetti** (Dominique), travaillait au commencement du 18me siècle.

Le corps mort du Christ couché par terre est pleuré par les saintes femmes et par St. Jean. Fig. ent. de grand. nat. — Sur toile, haut 6′ 1″, large 6′ 3″.

457. **Preti** (Chevalier Mathieu), dit le *Calabrese*, né 1613, † 1699. Ecolier du *Guerchin* et de *Lanfranc*.

Ste. Madelaine repentante, montre les instrumens de la passion. Demi-figure de grand. nat. — Sur toile, haut 3′ 11″, large 3′ 1″ 9‴.

458. **Giordano** (Luca), dit *Luca fa presto*.

Portrait du père de l'artiste. Demi-fig. — Sur toile, haut 3′ 9″, large 2′ 10″.

459. **Bellucci** (Antoine).

Venus assise dans une conque, que l'amour dirige à pleine voile sur les ondes de la mer. — Sur toile, haut 3′ 10″, large 5′ 3″ 7‴.

460. **Strozzi** (Bernard), dit il *Cappuccino*, ou il *Prete genovese*, né 1581, † 1644. Eléve de *Pierre Sorri* de Sienne.

Le Christ et les pharisiens, ou le denier de César. Fig. jusqu'aux genoux. — Sur toile, haut 4′ 11″, large 6′ 11″.

461. **Crespi** (Joseph Marie), dit *lo Spagnolo*, né 1665, † 1747. Ecolier de *Dom. Canuti* et de *Charles Cignani*.

Une religieuse affligée, en manteau blanc. Fig. jusqu'aux genoux. — Sur toile, haut 3′ 8″ 6‴, large 3′.

462. **Giordano** (Luca), dit *Luca fa presto.*
Portrait du peintre. Demi-figure. — Sur toile, haut 3′ 9″, large 2′ 10″.

463. **Carrache** (Louis).
Mise au tombeau du Christ. Fig. de grand. nat. — Sur toile, haut 7′ 2″ 9‴, large 5′ 4″ 7‴.

464. **Vaccaro** (André), né 1598, † 1670. Ecolier de *Dom. Imparato*, et *imitateur* du *Carravage* et du *Guide.*
Flagellation du Christ. Fig. ent. de grand. nat. — Sur toile, haut 5′ 11″, large 4′ 8″ 9‴.

465. **Albani** (François), né 1578, † 1660. Elève des *Carraches.*
Sainte Ursule avec un drapeau. Demi-figure de grand. nat. — Sur toile, haut 3′ 5″, large 2′ 10″.

466. **Dolce** (Carlo).
Une jeune personne, symbole de l'innocence et de la douceur, embrasse des deux mains un agneau. Demi-fig. — Sur toile, haut 2′ 9″ 10‴, large 2′ 4″ 6‴.

467. **Vecellio** Titien de Cadore.
Portrait de Pierre Aretin en habit noir, avec collet et fourrure brune. Demi-fig. — Sur toile, haut 2′ 3″, large 2′ 9″.

468. **Rotari** (Pierre, Comte de).

Une jeune personne, endormie sur une chaise, est éveillée par une épi qu'un jeune homme lui place sous le nez. Figures jusqu'aux genoux de grand nat. — Sur toile, haut 3′ 3″ 8‴, large 2′ 7″ 9‴.

Côté du Nord.

469. **Allegri** (Antoine), dit *le Corrège*, né 1494, d'apres quelques auteurs 1490, † 1534. Il reçut ses premiers principes chez *André Mantegne*, dans la suite la nature fut son guide.

La Ste. Vierge assise sous un arbre, tient l'enfant Jésus sur ses genoux. St. Ildephonse se trouve d'un côté et St. Jerôme de l'autre. — Transporté du bois sur toile, haut 3′ 5″, large 2′ 4″ 4‴.

470. **Barbarelli** (Georges), de le *Giorgion*, né 1477, † 1511. Ecolier de *Jean Bellino.*

La vanité ou la fragilité humaine. Demi-fig. — Sur toile, haut 2′ 11″ 6‴, large 2′ 6″.

471. **Dolce** (Carlo).

Madelaine pénitante, le regard tourné vers le ciel. Fig. jusqu'aux genoux. — Sur toile, haut 3′ 7′, large 2′ 11″.

72. **Allori** (Christophe), nommé *Bronzino*, né 1577, † 1621. Ecolier de son père *Alessandro Allori*.

Jupiter et Mercure reçoivent l'hospitalité chez Philemon et Baucis. — Sur toile, haut 5′ 6″, large 4′ 6″.

73. **Manfredi** (Barthélemy), né 1574, † 1615. Ecolier de *Pommerancio*.

Couronnement d'épine. Fig. jusqu'aux genoux de grand. nat. — Sur toile, haut 5′ 9″, large 8′ 1″ 6‴.

74. **Ponte** (Jacques de), dit *Bassano*, né 1510, † 1592. Ecolier de *Boniface Venetien* et du *Titien*.

Le corps mort de Jésus Christ couché à terre, pleurè par les assistans. Fig. de grand. nat. — Sur toile, haut 6′ 4″, large 6′ 8″ 6‴.

75. **Roncalli** (Chevalier, Christophe), dit *Pommerancio*, né 1552, † 1626. Elève de *Circignano*.

Martyre de saint Simon de Cane. Fig. de grand. nat. — Sur toile, haut 7′ 2″, large 4′ 6″.

76. **Bellotti** (Bernardin), dit *Canaletto*, né vers 1724, † 1780. Ecolier de son cousin *Antoine Canale*.

Vue de Munich prise du côté de l'Est. — Sur toile, haut 4′ 1″, large 7′ 3″ 6‴.

77. **Carrache** (Annibal).

Massacre des innocens. Fig. de grand. nat. — Sur toile, haut 5′ 8″, large 8′ 4″.

478. **Vecellio, Titien de Cadore.**

Portrait en pied de Louis Grimani, grand-amiral de la flotte venitienne dans le Pelleponèse. — Sur toile, haut 7′ 2″, large 4′ 3″ 6‴. (*p*)

479. **Giordano** (Luca), dit *fa presto.*

Mort de Lucrèce. Collatinus et son père jurent de venger cet outrage. Fig. ent. de grand. nat. — Sur toile, haut 7′ 1″ 6‴, large 6′ 4″ 6‴.

480. **Albani** (François).

Venus endormie dans une contrée charmante, est épiée par Mars. Petites Figures. — Sur toile, haut 4′ 11″, large 6′ 8″ 2‴.

481. **Robusti** (Jacques), dit le *Tintoret.*

Madelaine, chez le pharisien Simon, est à genoux devant le Sauveur et lui parfume les pieds. — Sur toile, haut 5′ 4″, large 4′ 7″.

482. **Pordenone** (Jean Antoine Licinio), né 1484, † 1540. Ecolier du *Giorgion.*

Une société s'amuse à faire de la musique. Le portrait de l'artiste se voit dans le fond. Demi-figures de grand. nat. — Sur toile, haut 2′ 10″, large 3′ 6″ 6‴.

483. **Bordone** (Paris), né 1500, † 1570. Ecolier du *Titien*, mais principalement imitateur du *Giorgion.*

Portrait d'une dame en habit rouge et un éventail à

la main. Figure jusqu'aux genoux. — Sur toile, haut 3′ 2″ 9‴, large 2′ 7″ 4‴.

484. **Vasari** (Georges), né 1512, † 1574. Ecolier de *Michel-Ange* et *d'André del Sarto.*

La Ste. Vierge tient l'enfant Jésus sur ses genoux. Le petit St. Jean montre la croix, que l'enfant Jésus tient dans ses mains. On remarque en arrière St. Joseph. — Sur bois, haut 3′, large 2′ 7″. (℘)

Huitième Salle.

Ecole italienne.

Côté de l'Ouest, où se trouve la porte d'entrée.

485. **Cagliari,** aussi *Caliari* (Paul), dit *Paul Veronèse.*

La sainte famille. — Sur toile, haut 3′ 2″, large 2′ 6″ 6‴.

486. **Amerighi** (Michelange), dit le *Carravage.*

Saint Sébastien mourant. Fig. jusqu'aux genoux de grand. nat. — Sur toile, haut 3′ 2″, large 3′ 7″ 9‴.

487. **Cagliari,** aussi *Caliari* (Paul), dit *Paul Veronèse.*

Mort de Cléopatre. Fig. jusqu'aux genoux de grand. nat. — Sur toile, haut 3′ 7″, large 2′ 9″ 6‴.

488. **Feti** (Dominique), né 1589, † 1624. Ecolier de *Louis Cardi.*

L'apôtre St. Paul. Demi-figure. — Sur toile, haut 3′ 9″, large 2′ 10″.

489. **Vecellio,** Titien de Cadore.

Portrait d'un noble venetien en fourrure noire. Fig. jusqu'aux genoux de grand. nat. — Sur toile, haut 4′ 4″, large 3′ 7″ 6‴.

490. **Bassetti** (Marc-Antoine), né 1588, † 1630. Elève de *Brusasori*, proprement *Felice Ricci,* et imitateur du *Tintoret.*

Martyre de St. Vit dans une chaudière; à ces côtès St. Wolfgang et St. Georges. Signé: BASSETUS VERON. FACIEBAT. Fig. ent de grand. nat. — Sur toile, haut 10′ 8″ 9‴, large 7′ 2″.

491. **Cantarini** (Simon), dit le *Pesarèse*, né 1612, † 1648. Ecolier de *Jacques Pantolfi*, puis de *Guide.*

Le Christ apparaisant à Ste. Madelaine. Demi-figures de grand. nat. — Sur toile, haut 2′ 11″, large 4′.

492. **Vecellio,** Titien de Cadore.

Un homme en habit noir; différens joyaux sur une

table, derrière laquelle se tient une femme. Demi-figures de grand. nat. — Sur toile, haut 3′ 9″, large 4′ 2″ 9‴.

493. **Castiglione** (Benoît), nommé par les français le *Benedette*, et par les italiens il *Grechetto*, né 1616, † 1670. Ecolier de *Bapt. Paggi* et *d'André Ferrari*, mais principaliment *d'Antoine van Dyck.*

Un jeune More conduit un chameau. Grand. nat. — Sur toile, haut 5′ 3″, large 7′ 4″.

494. **Baroccio**, ou *Fiori* (Frédéric), né 1528, † 1612. Ecolier de *Jean Bapt. Franco*, imitateur du *Corrège* et de *Raphael.*

Le Christ apparait à Stc. Madelaine. Fig. ent. de grand. nat. — Sur toile, haut 8′, large 5′ 10″.

495. **Cagliari**, aussi *Caliari*, (Paul), dit *Paul Veronèse.*

Repos en Egypte. La Ste. Mère présente la sein à l'enfant Jésus pendant que quelques anges sont occupés à cueillir des fruits. Signé: PAULI CALIARI VERONESI FACIERAT. — Sur toile, haut 7′ 4″, large 5′ 2″.

496. **Vecellio**, Titien de Cadore.

Portrait de Charles V., en habit noir, assis dans un

fauteuil. Fig. ent. de grand. nat. — Sur toile, haut 6′ 4″, large 3′ 9″.

497. **Mola** (Pierre François).

Abraham renvoie Agar et Ismael. Fig. ent. de grand. nat. — Sur toile, haut 6′, large 7′ 11″.

498. **Giordano** (Luca), dit *Luca fa presto.*

La Christ rassasie quatre mille hommes avec cinq pains et deux poissons. Signé: Luca Jordanus f. — Petites figures. — Sur toile, haut 3′ 8″, large 6′ 11″ 6‴.

499. **Canlasse** (Guide), dit *Cagnacci*, né 1601, † 1681. Elève du *Guide.*

Ste. Madelaine élevé au ciel par un ange. — Sur toile, haut 6′, large 4′ 7″.

500. **Americhi** (Michelange), dit le *Carravage.*

La Ste. Vierge montre l'enfant Jésus aux pélerins qui sont à genoux devant-elle. Fig. ent. de grand. nat. — Sur toile, haut 6′ 8″, large 4′ 3″.

501. **Robusti** (Jacques), dit le *Tintoret.*

Portrait d'une femme en habits noirs, accompagnée d'un garçon. Fig. jusqu'aux genoux. — Sur toile, haut 3′ 8″, large 3′ 6″.

502. **Carrache (Louis).**

Saint François d'Assise avec un ange. Demi-figure de grand. nat. En forme ovale, sur toile, haut 2′ 7″ 6‴, large 3′ 3″.

503. **Barbieri** (Jean François), dit il *Guercino da Cento.*

La Ste. Vierge avec l'enfant Jésus. Fig. jusqu'aux genoux de grand. nat. — Sur toile, haut 3′ 3″ 4‴, large 2′ 5″.

504. **Saraceno** (Charles), dit *Charles le venitien*, né 1585, † 1625. Ecolier de *Camille Marinari*, imitateur du *Carravage.*

St. François sur un lit, ayant la vision d'un ange, qui fait de la musique. — Sur toile, haut 7′ 4″, large 5″.

505. **Castiglione** (Jean), dit il *Grechetto.*

Repos d'une caravanne. — Sur toile, haut 5′ 1″, large 7′ 4″.

506. **Palma** (Jacques), *le jeune.*

St. Jean tient le corps mort du Christ dans ses bras; à ses côtés la Ste. mère et Madelaine. Fig. ent. de grand. nat. — Sur toile, haut 5′ 1″, large 3′ 2″ 6‴.

507. **Cantarini** (Jacques), dit le *Pesarèse.*

L'incrédule Thomas met ses doigts dans les playes du Christ. Demi-figures de grand. nat. — Sur toile, haut 2′ 11″, large 4′.

508. **Scarsella** (Hyppolite), oommé *Scarcellino di Ferrara*, né 1560, † 1621. Ecolier de son père et de *Jacques Bassano.*

L'enfant Jésus endormi dans les bras du petit St. Jean. — Sur toile, haut 2′ 6″ 10‴, large 3′ 10″ 3‴.

509. **Berretini** (Pierre de Cortone), né 1596, † 1669. Elève *d'André Commodi* et de *Baccio Caspi*

La femme adultère les mains liées est à côté d'un garde. Figures jusqu'aux genoux. — Sur toile, haut 4′ 1″, large 3′.

510. **Saraceno** (Charles), dit *Charles le Venitien.*

Saint Jerôme assis sous un portique, entourré de St. Antoine de St. Madelaine. Au fond St. François d'Assise. Fig. ent. de grand. nat. — Sur toile, haut 10′ 7″, large 7′ 1″.

Côté du Sud.

511. **Cesari** (Joseph), dit le *Josepin*, aussi Cavaliere *d'Arpino*, né 1560, † 1640. Ecolier de son père et de *Christophore Roncalli*.

St. Marie avec l'enfant Jésus est entourrée d'anges. Ste. Claire se trouve d'un côté, et un pape à genoux de l'autre. Fig. ent. de grand. nat. — Sur toile, haut 8' 5'', large 6' 2'' 6'''.

512. **Canlassi** (Guide), dit *Cagnacci*.

Madelaine pénitante. Fig. de grand. nat. — Sur toile, haut 3' 9'', large 5' 6''.

513. **Cagliari**, aussi *Caliari* (Paul), dit le *Veronèse*.

La femme adultère devant le Christ. Figures de demi-grand. nat. — Sur toile, haut 3' 3'', large 5' 6'' 7'''.

514. **Cignani** (Charles).

Assomption de la Vierge. La ste. Vierge s'élève au ciel accompagnée d'anges et le cherubins. Les apôtres regardent avec étonnement, les uns vers le ciel, les autres dans le tombeau. Dans ce tableau, l'un des plus grands de l'artiste, on reconnait l'influance des ouvrages du Corrège. Fig. de grandeur plus que nat.*) — Sur toile, haut 18′ 9″, large 15′ 3″.

515. **Cagliari**, aussi *Caliari* (Paul), dit le *Veronèse*.

Le capitaine croyant est à genoux devant le Seigneur et demande la guerison de son domestique. Fig. ent. de demi-grand. nat. — Sur toile, haut 4′ 1″, large 5′ 8″.

516. **Carrache** (Annibal).

Deux petits amours. Eros et Anteros combattent devant Venus, qui tient une palme en main pour le vainqueur. Fig. ent. de grand. nat. — Sur toile, haut 4′ 10″, large 5′.

517. **Amerighi** (Michelange), dit *Carravage*.

Adoration des bergers**). Fig. ent. de grand. nat. Sur toile, haut 8′ 3″, large 4′ 5″.

---

*) Ce tableau était destiné par l'Electeur Jean Guillaume pour remplacer à l'église des Jésuites de Neubourg, le fameux jugement dernier de Rubens (Nr. 258), mais il eut tant de succès qu'il fut aussi placé dans la galerie de Dusseldorf.

**) Tableau d'autel placé originairement dans l'église Notre Dame — actuellement église métropolitaine de Munich.

Côté du l'Ouest.

518. **Zanetti** (Dominique).

Saint Jerôme en prières devant un crucifix. Figure jusqu'aux genoux de grand. nat. — Sur toile, haut 3′ 7″ 3‴, large 3′.

519. **Giordano** (Luca), dit *fa presto.*

Un philosophe cynique. Demi-fig. de grand. nat. — Sur toile, haut 3′ 10″ 6‴, large 3′.

520. Du même.

Un philosophe tient un livre ouvert, ou se voient des figures géométriques. Demi-figure de grand. nat. — Sur toile, haut 3′ 10″ 6‴, large 3′.

521. Du même.

Un vieillard les yeux tournés vers le ciel. Demi-fig. de grand. nat. — Sur toile, haut 3′ 10″ 6‴, large 3′

Côté du Nord.

522. **Zampieri** (Dominique), dit le *Dominiquin.*

Susanne surprise au bain par les deux vieillards. Le milieu du bain est animé par un jet d'eau et derrière un bosquet s'élève un superbe édifice. Fig. ent. de grand. nat. — Sur toile, haut 8′ 1″, large 10′ 2″.

523. **Liberi** (Chevalier, Pierre), né 1605, † 1687. Ecolier *d'Alexandre Varotari.*

Médor et Angélique dans un paysage. — Sur toile, haut 3′ 9″ 6‴, large 4′ 8″.

524. **Vecellio** (Titien de Cadore).

Venus initie une bacchante aux mystères de Bacchus. Fig. jusqu'aux genoux de grand. nat. — Sur toile, haut 3′ 3″, large 4′ 2″.

525. **Baroccio** ou *Fiori* (Frédéric).

Ste. Marie d'Egypte, soutenue par un ange, reçoit le saint sacrement. Fig. ent. de grand. nat. — Sur toile, haut 4′ 6″ 6‴, large 3′ 7″.

526. **Cardi** (Louis), nommé *Cigoli*, né 1559, † 1613. Ecolier de *Sante di Titi*, et imitateur du *Corrège.*

Portement de croix. Demi fig. de grand. nat. — Sur toile, haut 4′ 1″, large 3′ 5″ 9‴.

527. **Reni** (Guide).

Assomption de la Vierge. La Ste. Vierge portée par

des anges et des Cherubins au ciel, étend les bras, le regard fixé vers une gloire exprime déjà la félicité céleste. — Sur une étoffe de soie, haut 9′, large 6′ 4″.

528. **Vincentino** (André), né 1539, † 1614. Ecolier de *Palma Vecchio.*

Sur deux trônes élevés qui sont entourés de sept électeurs, sont assis l'empereur romain, les rois de France et d'Espagne, vis-à-vis se trouvent le Doge de Venise, le Duc de Savoie et le Grand-duc de Toscane. Au-dessus planent des figures allégoriques, qui désignent la religion catholique, la providence, la justice et d'autres vertus. — Fig. ent. de grand. nat. — Sur toile, haut 8′ 10″ 6‴, large 9′ 2″.

529. **Cagliari,** aussi *Caliari* (Paul), dit *Paul Veronèse.*

L'Amour tient deux chiens en lesse. — Sur toile, haut 3′ 4″, large 4′ 2″ 6‴.

530. **Canlassi** (Guide), dit *Cagnacci.*

La mère de douleurs. Demi-figure de grand. nat — Sur toile, haut 3′ 3″, large 3′ 7″.

531. **Mazzuoli** (François), dit le Parmesan, né 1504, † 1540. Ecolier *d'Ilaire Mazzuoli*, son oncle.

La Ste. Vierge présente le sein à l'enfant Jésus, à côté le petit St. Jean. Fig. ent. de grand. nat. — Sur bois' haut 4' 6", large 3' 7".

532. **Amerighi** (Michelange), dit le *Carravage.*

Couronnement d'épines. Demi-fig. de grand. nat. — Sur toile, haut 3' 7", large 4' 3".

Neuvième Salle.

Ecole italienne.

Côté du Sud, où se trouve la porte d'entree.

533. **Granacci** (François). né 1477, † 1544. Elève de *Ghirlandajo* et de *Michel-Ange Buonaroti.*

Saint Jerôme en habit de Cardinal. Figure en pied dans une niche de grand. prèsqu' nat. — Sur bois, haut 3' 11'' 6''', large 1' 11'' 6'''.

534. **Sanzio** (Raphael d'Urbin), né à Urbino 1483, † 1520. Ecolier de *Pierre Vannucci*, nommé *Perugino.* Par l'influence de l'école florentine il devint inimitable, tant pour le haut génie du dessin, que pour la sublimité de ses idées.

La sainte famille dans un paysage. La Ste. Vierge assise à terre, soutient d'une maine l'enfant Jésus et dans l'autre tient un livre; Ste. Elisabeth à genoux, vis-à-vis lève le regard vers St. Joseph qui est placé debout derrière ce groupe; et tient le petit St. Jean qui cause avec l'enfant Jésus.

Quoique ce tableau appartienne aux premiers temps de Raphael, nous y trouvons un ésprit et un sentiment si puissant qu'on reconnoit l'influence de l'école florentine, dans la grandeur de l'idée, du style et de la perfection du dessin. Le bord du mouchoir du col de la Ste. Vierge est marqué: Raphael Urbinas. Fig. ent. de grand. prèsque nat. — Sur bois, haut 4', large 3' 3'' 6'''.

535. **Granacci** (François).

Ste. Apollonie. Fig. en pied dans une niche de grand. prèsque nat. — Sur bois, haut 3' 11'' 6''', large 1' 11'' 6'''.

536. **Du même.**

St. Jean Baptiste. Fig. en pied dans une niche de grand. prèsque nat. — Sur bois, haut 3' 11'' 6''', large 1' 11'' 6'''.

537. **Solario** (Antoine de), dit il *Zingaro*. (Fondateur de l' école napolitaine), né à Ve-

nise*) 1382, † 1455. Ecolier de *Lippo Dalmasio*, nommé *Lippo delle Madonne*. Puis il fit ses études chez *Vivarini* à Venise, chez *Ricci* à Florence, chez *Galassi* à Ferrare et chez *Pisanello* et *Gentile da Fabriano*.

Saint Ambroise en habits d'évêque. Fig. ent. en pied de grand. nat. Dans le fond un paysage. — Sur bois, haut 5′ 4″ 2‴, large 2′ 5″ 1‴. (ρ).

538. **Ghirlandajo** (Dominique), proprement *Domenico Corradi*, né 1449, † 1493.

Le corps mort du Seigneur repose sur les genoux de la Vierge. Entouré à droite de St. Jean Baptiste et de St. Jean l'èvangeliste, à gauche de St. Jacques et de Ste. Madelaine, qui embrasse les pieds du Sauveur. En haut dans une gloire, des anges avec les instrumens de la passion. Fig. ent. de grand. nat. — Sur bois, haut 7′ 10″, large 6′ 1″ 6‴. (ρ).

539. **Robusti** (Jacques), dit *Tintoret*.

Portrait de l'artiste, qui parait recommander son fils au Doge de Venise. Fig. jusqu'aux genoux de grand. nat. — Sur toile, haut 3′ 7″, large 5′ 1″ 6‴.

---

*) En conséquence d'une gravure d'après un tableau appartenant à, l'Abbé Louis Celotti, avec l'inscription:

ANTONIUS DA SOLARIO VENETUS f.

Comparez: Memoria della vita di Antonio de Solario dette il Zingaro pittore Viniziano Firenze 1831.

540. **Granacci** (François).

Ste. Madelaine. Fig. en pied dans une niche, de grand. prèsque nat. — Sur bois, haut 3′ 11″ 6‴, large 1′ 11″ 6‴.

541. **Palmezzanus** (Marc de Forli), aussi *Palmegiano*, né vers 1490, † 1540. Elève de *Melozzo da Forli.*

La Ste. Vierge, assise sur un trône, tient l'enfant Jésus sur ses genoux. Ils sont entourés de St. Pierre, de St. François, de St. Antoine l'ermite et de St. Paul. Au pied du trône un ange fait de la musique. Signé: MARCUS PALMEZANUS P. FOROLIVIANUS faciebat 1513. — Sur bois, haut 7′ 8″ 6‴, large 6′ 10″ 6‴. (ρ).

542. **Verrochio** (André), né 1432, † 1488. Ecolier de *Danatello.*

Les trois Archanges: Michel, Gabriel et Raphael, le dernier conduit le jeune Tobie. Fig. ent. prèsque de grand. nat. — Sur bois, haut 4′ 8″, large 5′ 11″.

543. **Solario** (Antoine), dit il *Zingaro.*

Portrait de Saint Louis, prince héréditaire de Naples puis évêque de Toulouse, en habits pontificaux. Fig. en pied de grand. nat. — Sur bois, haut 5′ 4″, large 2′ 5″. (ρ).

544. **Vannucchi** (André), dit *André del Sarto*, né 1488, † 1530. Ecolier de *Pierre Cosimo.*

La Ste. Vierge à genoux à terre tient l'enfant Jésus qui est debout et se penche vers le petit St. Jean. — Sur bois, haut 3′ 9″, large 2′ 9″.

545. **Albertinelli** (Mariòtto), né 1475, † 1512. Elève de *fra Barthelémy de St. Marc* et de *Cosimo Roselli.*

L'annonciation. La St. Vierge debout reçoit le message de l'ange qui est à genoux sous un portique. A droite St. Sebastien, à gauche Ste. Otile. Fig. moins que grand. nat. — Sur bois, haut 5′ 4″ 6‴, large 6′ 3″.

546. **Vinci** (Leonard de), né 1445, † 1520. Ecolier *d'André Verrocchio.*

Ste. Cecile. Fig. jusqu'aux genoux. — Sur bois, haut 3′ 7″, large 2′ 10″.

547. **Vanucci** (Pierre), surnommé *le Perugin,* né 1446, † 1524. Ecolier de *Benoit Bonfigli* et *d'André Verrocchio,* puis de *Pierre della Francesca.*

La Ste. Vierge avec l'enfant Jésus sur ses genoux. Le fond offre un ciel serein. Fig. de grand. nat. — Sur bois, haut 2′ 7″ 9‴, large 2′.

548. **Vannucchi** (André), dit *del Sarto.*

La Ste. Vierge à genoux avec l'enfant Jèsus, qui s'entretient avec le petit St. Jean qu'Elisabeth tient; dans le fond deux anges. — Sur bois, haut 4′ 2″, large 3′ 2″.

Côté de l'Ouest.

549. **Mantegna** (André), né 1430, † 1506, d'après d'autres 1517. Ecolier de *François Squarzione.*

La Vierge est assise sur un trône et tient l'enfant Jésus sur ses genoux; à chaque côté du trône deux saints. Petites figures. — Sur bois, haut 1′ 4″ 6‴, large 1′ 6″ 6‴. (P).

550. **Porta** (Baccio della), surnommé *Fra Bartolomeo di San Marco*, aussi *il frate domenicano di san Marco*, né 1469, † 1515. Elève de *Cosimo Roselli*, mais il se perfectionna par l'étude des ouvrages de *Leonard de Vinci.*

La Ste. Vierge avec l'enfant sur ses genoux, dans le fond St. Joseph. Tableau distingué par le tendre émail des couleurs. Fig. jusqu'aux genoux. — Sur bois, haut 2′ 3″, large 1′ 9″.

551. **Lotto** (Laurent), † 1560. Ecolier de *Jean Bellin*, et imitateur du *Giorgion*.

Mariage mystique de Ste. Cathèrine. — Sur bois, haut 2′ 2″, large 2′ 9″ 6‴.

552. **Credi** (Laurent de), proprement *Sciarpelloni*, né 1453, † 1531. Ecolier *d'André Verrocchio*.

La Ste. Vierge à genoux les mains jointes devant l'enfant Jésus couché à terre, duquel s'approche le petit St. Jean conduit par un ange. St. Joseph sommeille au fond. Fig. de grand prèsque nat. — Sur bois, rond, diamêtre 3′. (P).

553. **Lippi** (Frère Philippe), né 1400, † 1469. Ecolier de *Massaccio*.

Salutation angélique. Figures de grand. nat. — Sur bois, haut 6′ 2″ 8‴, large 5′ 9″.

554. **Boticelli** (Sandro), né 1437, † 1515. Ecolier de *Filippo Lippi*.

Le corps mort du Christ sur les genoux de sa sainte mère. A droite et à gauche St. Pierre, St. Paul et St. Jerôme. Fig. moins que grand. nat. — Sur bois, haut 4′ 3″ 8‴, large 6′ 5″.

555. **Ghirlandajo** (Dominique), proprement *Domenico Corradi.*

Ste. Catharine de Sienne avec un livre et une croix. Fig. ent. de grand. nat. dans une niche. Porte droite d'un tableau d'autel. — Sur bois, haut 6′ 6″, large 1′ 10″.

556. Du même.

La Ste. Vierge invoquée par St. Dominique et St. Jean l'évangeliste apparait avec l'enfant Jésus, à l'archange Michel et St. Jean Baptiste. Fig. de grand. nat. Tableau du milieu du Nro. 555. — Sur bois, haut 6′ 11″, large 6′ 2″ 6‴.

557. **Vannucci** (Pierre), dit le *Perugin.*

La Ste Vierge accompagnée de deux anges apparait à St. Bernard sous un portique ouvert. Derrière lui St. Barthélemy et un autre saint, surpris de l'apparition. Fig. moins que grand. nat. — Sur toile, haut 5′ 4″, large 5′ 3″ 6‴. (*P*).

558. **Bellini** (Jean), né 1426, † 1516. Ecolier de *Jacques Bellini.*

La Ste. Vierge ayant l'enfant Jésus sur les bras, pose une main sur la tête du donnataire du tableau; à ses côtés St. Jean et St. Sebastien. — Sur bois, haut 2′ 1″, large 3′ 2″ 6‴.

559. **Beccafumi** (Dominique), dit *il Mecherino*, né 1484, † 1549. Ecolier de *Capanna* et du *Perugin*.

La Vierge à genoux devant l'enfant Jésus qui joue avec un agneau; au fond le petit St. Jean et St. Joseph. Fig. de grand. nat. — Sur bois, rond diamètre 3'.

560. **Ghirlandajo** (Dominique).

St. Laurent en habits pontificaux debout dans une niche. — Fig. de grand. nat. Porte gauche du tableau d'autel Nro. 556. — Sur bois, haut 1' 6", large 1' 10".

561. **Tomaso** (Etienne), dit *il Giottino*, né 1324, † 1356. Ecolier de *Paul Veneziano* et imitateur du *Giotto*, son ancêtre.

La Vierge assise sur un trône, tient l'enfant Jesus sur ses genoux; à ses côtés. St. Antoine, St. Laurent, St. Julien, St. Luc, St. Ciprien et St. Jean Gualbertus. — Fig. de grand. nat. — Sur bois et fond d'or. Haut 5' 1" 6‴, large 5' 1". (♀).

562. **Lippi** (Lippino), né 1460, † 1505. Elève de *Sandro Boticelli*.

Le Christ avec lès stigmates apparait à sa sainte mère dans un paysage. Sur les nues, Dieu le père. — Sur bois, haut 4' 10" 5‴, large 4' 7".

Sur le Gradin en très-petites figures.

Le corps mort du Christ dans le tombeau soutenu par un ange; d'un côté St. François, St. Dominique et St. Augustin, de l'autre côté Ste. Monique, Ste. Claire et St. Celestin. — Sur bois, haut 11″ 6‴, large 4′ 7″ 9‴.

563. **Vinci** (Leonard de).

La Ste. Vierge assise dans une grotte ouverte, tient du bras droit l'enfant Jésus, couché à côté d'elle, et qui élève une croix. Fig. de demi-grand. naturelle. — Sur bois, haut 2′ 2″ 6‴, large 1′ 7″ 2‴. (ρ).

564. **Orsi** (Lelio da Novellara), né 1511, † 1587. Ecolier du *Corrège.*

Ste. Madelaine repentante. Fig. de demi-grand. nat. — Sur toile, haut 2′ 4″ 5‴, large 1′ 9″ 4‴.

Côtè du Nord.

565. **Trevisani** (François Chevalier), né 1656, † 1746. Ecolier *d'Antoine Trevisani* et *d'Antoine Zanchi.*

L'archange Michel précipite Satan et ses partisans dans le gouffre. Petites fig. — Sur toile, haut 3′ 6″ 6‴, large 4′ 8″ 7‴.

566. **Gabbiani** (Antoine Dominique), né 1652, † 1722 Ecolier de *Dandini* et de *Ciro Ferri*.

St. Françoise d'Assise soutenu par un ange reçoit le stigmates. Petites fig. — Sur toile, haut 3′ 4″ 6‴ large 4′ 11″.

567. **Giordano** (Luca), dit *Luca fa presto*.

Jésus Christ et la Samaritaine au puits. — Fig. ent. d grand. nat. — Sur toile, haut 7′ 9″ 3‴, large 5 4″ 6‴.

568. Du même.

Jésus Christ tenté par le démon. Fig. ent. de grand nat. — Sur toile, haut 7′ 9‴ 3‴, large 5′ 4″ 6‴.

569. **Gabbiani** (Antoine Dominique).

Le Sauveur ranime St. Pierre d'Alcantara avec de l'eau fraîche; dans le fond Ste. Thérèse et une religieuse Petites figures. — Sur toile, haut 3′ 4″ 3‴, large 4′ 10″.

570. **Luti** (Benoît, Chevalier), né 1666, † 1724. Elève de *Dominique Gabbiani*.

Saint Charles Boromée donne la bénédiction et administre l'extrême onction à des pestiférés. Signé: BENEDETTO LVTI f. ROMAE 1713. Petites figures. — Sur toile, haut 3′ 4″, large 4′ 10″ 8‴.

Côté de l'Ouest.

571. **Barbieri** (Jean François), dit *Guercino da Cento.*

Jésus Christ representé comme Sauveur du monde. Demi-figure. — Sur toile, haut 2', large 1' 8''.

572. **Garofolo** (Benvenuto), nommé *Tisio*, né 1481, † 1559. Ecolier de *Dominique Panetti, de Boccacino Boccaccio* et de *Laurent Costa.*

La Ste. Vierge tient l'enfant Jésus sur ses genoux; à ses côtés l'archange St. Michel et St. Jean Baptiste avec l'agenau. Petites figures. — Sur toile, haut 1' 11'' 9''', large 1' 9'' 9'''.

573. **Moroni** (Jean Baptiste d'Albino).

Buste d'une femme vêtue d'une fourrure. — Sur toile, haut 1' 10'', large 1' 7'' 8'''. (♂).

574. **Vanucchi** (André), dit *del Sarto.*

Buste de St. Joseph. Esquisse sur papier. Haut 1' 10'', large 1' 5''.

575. **Raibolini** (François), surnommé *Francia*, ne 1450, † 1517*). Ecolier de *Marco Zoppo.* De son

*) Voyez, Pinacoteca della pontificia academia in Bologna. Distrib. I.

métier primitif d'orfêvrerie, il devint le chef de l'école bolognèse et l'ami de *Raphael.*

La Ste. Vierge les mains croisées sur la poitrine est devant l'enfant Jésus qui est couché à terre dans un parterre de roses. Marqué avec des lettres en or: Francia Aurifex fecit. Fig. ent. de grand. nat. — Sur bois, haut 5' 4", large 4'.

576. **Palma** (Jacques), dit *le vieux*, né 1540, † 1588, (d'après d'autres 1596). Il se forma du commencement d'après *Jean Bellini*, plus tard d'après le *Giorgion.*

Saint Jérôme au moment d'écrire dans un livre en qu'il vient de méditer profondément. Fig. ent. de grand nat. — Sur toile, haut 5' 8" 6''', large 4' 1" 3'''.

577. **Piombo** (Sebastien del), proprement *fra Sebastiano Luciano*, né 1485, † 1547. Ecolier de *Jean Bellini*, puis du *Giorgion.*

St. Nicolas en habits pontificaux; à sa gauche St. André et à sa doite St. Jean Baptiste. Fig. ent. de grand. nat. — Sur bois, haut 6' 8" 2''', large 4' 5".

578. **Allegri** (Antoine), dit le *Corrège.*

La Ste. Vierge avec l'enfant Jésus apparait dans une gloire, au donnotaire du tableau sur l'intercession de

St. Jacques et de St. Jerôme. — Sur bois, haut 6' 6'' 6''', large 4' 5''. (ꝓ).

579. **Francucci** (Innocent), dit *da Imola*, né 1480, † 1550. Ecolier de *Francia*, plus tard de *Mariotto Albertinelli*, et imitateur de *Raphael*.

La Ste. Vierge avec l'enfant Jésus dans une gloire, entourée de Cherubins et d'anges, apparait à St. Geminien, à St. François d'Assisse, à Ste. Claire et à Ste. Madelaine. Fig. de grand. nat. — Sur bois, haut 8' 11'' 9''', large 7' 1'' 6'''. (ꝓ).

580. **Luini**, ou *Lovino* (Bernardin), né 1460, vivait encore en 1530. Elève de *Leonard de Vinci*.

Ste. Catherine avec les marques du martyre. Demi-fig. de grand. nat. — Sur bois, haut 2' 3'' 10''', large 1' 7'' 3'''.

581. **Sanzio** (Raphael d'Urbin).

Portrait de l'immortel Raphael en habit violet, ayant la tête un peu tournée de côté, et la main levée vers la poitrine. — Demi-figure*). — Sur bois, haut 1' 10'', large 1' 4'' 6'''.

*) Le pasage contenu dans Vasari où il est dit: „ed a Bindo Altoviti fece il ritratto suo quando era giovane" à donné lieu en derniers temps de douter que ce soit le portrait de Raphael, mais bien-

582. **Barbarelli** (George), dit le *Giorgion.*

Portrait en buste de l'artiste vêtu d'une fourrure. — Sur bois, haut 2′ 2″, large 1′ 8″.

583. **Raibolini** (François), dit *Francia.*

Le Ste. Vierge tient l'enfant Jésus qui est debout sur une table couverte d'un tapis tissé d'or, dans le fond deux anges. Demi-fig. de grand. nat. *) — Sur bois, haut 2′, large 1′ 3″.

584. **Sanzio** (Raphael d'Urbin).

Une Ste. famille, analogue à la Madonna della Sedia au palais Pitti à Florence. — Ste. Marie presse le divin enfant contre son sein et semble faire de tristes réfléxions sur son avenir; le petit St. Jean se tient en adoration de côté. Fig. jusqu'aux genoux. — Sur bois, haut 2′ 6″, large 1′ 7″. (ρ).

585. **Luini**, ou *Lovini* (Bernardin).

La Ste. mère présente le sein à l'enfant Jésus qui repose sur ses genoux. Demi-fig. de grand. nat. — Sur bois, haut 2′ 4″ 9‴, large 1′ 10″ 9‴.

---

celui du Prince Altoviti. Cependant on n'a pas hésité à le reconnaître comme un ouvrage de sa main.

*) Présent de S. A. R. le prince héréditaire Maximilien, en 1833.

586. **Torbido** ou *Turbido* (François), dit *il Moro*, né 1500, † 1581. Ecolier de *Liberale* et du *Giorgion*.

Buste de l'artiste. — Sur toile, haut 1′ 11″, large 1′ 7″ 6‴.

587. **Vecellio**, Titien de Cadore.

La Ste. Vierge avec l'enfant Jésus; a côté St. Jean et le donnataire. — Sur toile, haut 2′ 3″ 8‴, large 2′ 10″.

588. **Bordone** (Paris).

La Ste. Vierge assise sous un berceau de vigne, tient l'enfant Jésus sur ses genoux, devant lequel St. Roch et Ste. Madeleine sont prosternés. Petites fig. — Sur bois, haut 2′ 1″, large 2′ 10″.

589. **Ponte** (Jacques de), surnommè *Bassano*.

Ste. Marie assise avec l'enfant Jésus sur un trône, à ses côtés St. Antoine l'ermite et un Saint en habits épiscopaux. Fig. ent. de grand. prèsque nat. — Sur toile, haut 5′ 10″ 6‴, large 3′ 8″ 9‴.

590. **Vanucci** (Pierre), dit le *Perugin*.

La Ste. Vierge adorant l'enfant Jésus couché à terre, à ses côtés St. Jean l'évangéliste et St. Nicolas. Fig. ent. de grand. nat. — Sur bois, haut 6′ 3″ 2‴, large 4′ 10″.

591. **Vecellio,** Titien de Cadore.

La Ste. Vierge est assise avec l'enfant Jésus sur ses genoux devant un bâtiment. — Sur toile, haut 5′ 3″ 2‴, large 4′ 1″.

592. **Pipi** (Jules), dit *Jules romain*, né 1492, † 1546. Ecolier de *Raphael.*

St. Jean Baptiste assise devant une source, y puise de l'eau. Fig. ent. de grand. nat. — Sur bois, haut 5′ 11″, large 4′.

Seconde Partie.

Description des tableaux

qui sont placés,

dans vingt-trois Cabinets,

par ordre d' écoles.

Premier Cabinet.

Ecole ancienne du Bas-Rhin,

à commencer de l'année 1360, sous l'influence des modèles byzantins.

---

1. **Guillaume** de Cologne (dit *maître Guillaume*), florissait en 1380.

Les Saints Benoît, Philippe, Matthieu et Jacques le mineur, sont debout dans des niches dorées. Figures de demi-grand. nat. — Sur bois à fond doré. Haut 6' 2'' 6''', large 4' 7'' 6'''. (♂).

2. Du même.

Les saints Barthélemy, Simon, Matthieu, et Bernard debout dans des Niches dorées. — Pendant du précédent tableau. (♂).

3. *Ecole byzantine du Bas-Rhin.*

Annonciation à la Vierge. Petites figures. — Sur bois, à fond doré. Haut 4′ 3″, large 2′ 5″. (♂).

4. De la même école.

Trois Apôtres de demi-grand. nat. Aile droite du tableau d'autel. Nr. 5. — Sur bois à fond doré. Haut 4′ 3″, large 5′ 1″. (♂).

5. De la même école.

Le Christ à la croix; à côté se trouvent sa sainte mère, St. Jean et cinq autres apôtres. Fig. de demi-grand. nat. Tableau du milieu. — Sur bois, haut 4′ 3″, large 5′ 1″. (♂).

6. De la même école.

La visitation. Petites figures. — Sur bois à fond doré. Haut 2′ 9″ large 1′ 8″. (♂).

7. De la même école.

Nativité du Christ. Petites figures. — Sur bois à fond doré. Haut 3′ 1″, large 2′ 4″. (♂).

8. De la même école.

Adoration des rois. Petites figures. — Sur bois à fond doré. Haut 3′ 1″, large 2′ 4″. (♂).

9. *Ecole byzantine du Bas-Rhin.*

Trois apôtres. Fig. de demi-grand nat. Aile gauche du tableau Nr. 5. — Sur bois à fond doré. Haut 4′ 2″, large 2′ 4″ 6‴. (♂).

10. Guillaume de Cologne (nommé *maître Guillaume*), ou du maître du grand tableau dans la Métropole à Cologne.

Saint Antonie l'ermite, le pape Corneille et Ste. Madelaine. Pendant du Nr. 14. Figures de demi-grand. nat. sur un fond simple et obscur. — Sur bois, haut 3′ 8″ 6‴, large 2′ 5″ 6‴.

11. *Ecole byzantine du Bas-Rhin.*

Saint Thomas devant le Christ et les autres apôtres. Petites fig. — Sur bois à fond doré. Haut 3′ 1′, large 2′ 4″. (♂).

12. De la même école.

La pentecôte. Petites figures. — Sur bois, haut 3′ 1″, large 2′ 4″. (♂).

13. De la même école. Quelques connaisseurs pensent que ce tableau est du *maître Guillaume.*

Ste. Véronique avec le saint suaire. En bas de chaque côté trois anges. — Sur bois à fond doré. Haut 2′ 6″, large 1′ 6″. (♂).

14. Du maître du grand tableau dans la Métropole de Cologne, probablement du *maître Guillaume*.

Ste. Catherine, St. Hubert et St. Quirin, sur un fond simple et obscur. Pendant du Nr. 10. — Sur bois, haut 3′ 8″ 6‴, large 2′ 5″ 6‴.

15. *Ecole byzantine du Bas-Rhin.*

Mort de la Ste. Vierge. Petites figures. — Sur bois à fond doré. Haut 3′ 1″, large 2′ 4″. (♂).

16. De la même école.

La Ste. Vierge assise sur un trône, Ste. Catherine et Ste. Barbe à ses côtés, en haut des anges qui font de la musique. Au pied du trône sont assises Ste. Agnès et Ste. Apollonie. Petites fig. Rond, sur bois à fond doré. — Diamètre 2′ 6″. (♂).

Second Cabinet.

Tableaux de l'école du Bas-Rhin.

---

17. *Ecole du Bas-Rhin.*

Jésus Christ sur le mont des oliviers. Petites figures. — Sur bois à fond doré. Haut 3′ 1″, large 2′ 4″. (♂).

18. **Mekenen** (Israel de), né vers 1440, † 1503.

Trois apôtres. Aile droite du Nr. 21. Fig. de demi-grand. nat. — Sur bois à fond doré. Haut 3′ 9″, large 2′ 8″ 6‴. (♂).

19. **Du même.**

Annonciation à la Vierge. Petites fig. — Sur bois à fond dore. Haut 2′ 8″, large 3′ 5″. (♂).

20. **Mekenen** (Israel de).

Mariage de la Vierge. Petites figures. — Sur bois à fond doré. Haut 2′ 8″, large 3′ 5″. (♂).

21. Du même.

Plusieurs apôtres et St. Jean Baptiste. Figures de demi-grand. nat. Tableau du milieu du Nro. 18. — Sur bois à fond doré. Haut 3′ 9″, large 4′. (♂).

22. Du même.

Trois apôtres. Fig. de demi-grand. nat. Aile gauche du tableau précédent Nr. 21. — Sur bois à fond doré. Haut 3′ 9″, large 4′. (♂).

23. Du même.

La Ste. Vierge montant l'éscalier du temple. Petites figures. — Sur bois à fond doré. Haut 2′ 8″, large 3′ 5″. (♂).

24. **Burgkmaier** (Jean).

St. Liboire et St. Eustache; au revers St. Roch. Fig. de demi-grand. nat. — Sur bois, haut 3′ 7″ 5‴, large 1′ 9″ 6‴.

25. **Mekenen** (Israel de).

St. Cunibert et St. Jeréme; au revers l'annonciation à la Vierge. — Sur bois à fond doré. Haut 2′ 5″ 6‴, large 1′ 8″ 6‴. (♂).

26. Inconnu (dans le genre de *Quentin Messis)*.

Adoration des rois. Fig. de demi-grand. nat. — Sur bois à fond doré, haut 3′ 6″, large 2′ 10″. (♂).

27. **Mekenen** (Isreal de), ou de son école.

Jésus Christ à la croix; d'un côté Ste. Vierge et St. Jean, de l'autre Ste. Ursule et St. Hyppolite. — Sur bois à fond doré, haut 2′ 9″, large 3′ 2″. (♂).

28. Du même.

Visitation de la Vierge. — Sur bois à fond doré, haut 2′ 8″, large 3′ 5″ 6‴. (♂).

29. Du même.

Mort de la Vierge. Au revers St. Jean l'évangeliste. Petites figures. — Sur bois à fond doré, haut 3′ 3″ 6‴, large 4′ 5″ 6‴. (♂).

30. Du même.

Couronnement de la Vierge entourée de beaucoup d'anges. En bas les donnataires, mari et femme à genoux. — Sur bois à fond doré, haut 3′ 3″ 6‴, large 4′ 5″ 6‴. (♂).

31. Du même.

Assomption de la Vierge. Petites figures. — Sur bois, à fond doré, haut 2′ 8″, large 3′ 5″. (♂).

32. **Mekenen** (Israel de).

Joachim et Anne à la porte d'or. Petites figures. — Sur bois à fond doré, haut 2′ 8″, large 3′ 5″. (♂).

33. Du même.

La Vierge Marie montant l'éscalier du temple, avec une inscription du donataire. Petites figures. — Sur bois à fond doré, haut 2′ 10″, large 2′ 5″. (♂).

34. **Schoen** ou *Schongauer le beau* (Martin).

L'évêque Servase et une femme avec un enfant. — Sur bois à fond doré, haut 2′ 6″, large 1′ 9″. (♂).

Troisième Cabinet.

35. **Eyck (Jean van), Fondateur de l'école de la basse Allemange, et inventeur de la peinture à l'huile.**

Annonciation à la sainte Vierge. Fig. de demi-grand. nat. — Aile droite du tableau suivant Nr. 36. — Sur bois, haut 4′ 4″, large 2′ 3″. (♂).

36. Du même.

Adoration des rois. Fig. de demi-grand. nat. Tableau du milieu. — Sur bois, haut 4′ 4″, large 4′ 10″. (♂).

37. **Du même.**

Présentation au temple. Fig. de demi-grand. nat. Aile gauche du Nr. 36. Sur bois, haut 4′ 4″, large 2′ 3″. (♂).

38. **Leyden** (Lucas de), ou *Huygens.*

Sainte Christine et St. Jacques le mineur. Fig. de demi-grand. nat. Aile droite du Nr. 39. Sur bois, haut 4', large 2' 3''. (♂).

39. **Du même.**

Sainte Agnès, St. Barthélemy et Ste. Cécile. Fig. de demi-grand. nat. Tableau du milieu. — Sur bois, haut 4', large 5' 1'' 6'''. (♂)

40. **Du même.**

St. Jean l'évangeliste et Ste. Marguerite. Fig. de demi-grand. nat. Aile gauche du Nro. 39. — Sur bois, haut 4'', large 2' 3''.(♂).

41. **Mabuse** (Jean), aussi *Malbodius* ou *Maubeuge*, proprement *Gossaert*. Il était contemporain de *Lucas de Leyden.*

Danae dans un superbe édifice reçoit la pluie d'or. Signé: JOHANNES MALBODIUS, PINGEBAT. 1527. Fig. de demi-grand. nat. — Sur bois, haut 3' 6'', large 2' 11'' 6'''.

42. **Eyck** (Jean van).

St. Luc, peignant la Vierge, assise vis-à-vis de lui, et qui tient l'enfant Jésus sur ses genoux. Fig. de demi-grand. nat. Sur bois, haut 4' 4'', large 3' 5'' 6'''. (♂).

43. **Goes (Hugues van der)**, né 1400, † vers 1480. Ecolier de van Eyck.

Annonciation à la Vierge. Fig. de demi-grand. nat. — Sur bois, haut 3′ 8″, large 3′ 5″. (♂).

Quatrième Cabinet.

44. **Hemling** (Jean), né entre 1420 et 1430, † 1499. Elève de *van Eyck.*

Les Israélites recueillent la Manne au lever du soleil. Figures des moyennes grandeurs. Sur bois, haut 2′ 9″, large 2′ 2″ 6‴. (♂).

45. **Messis,** aussi *Matsys* (Quentin), nommé le *forgeron d'Anvers.*

St. Barthélemy, St. Jean l'évangeliste et St. Jean Baptiste. Pendant du Nr. 56. Fig. en pied de demi-grand. nat. — Sur bois, haut 3′ 2″, large 2′ 10″ 6‴. (♂).

46. De l'école de *Jean van Eyck.*

La Vierge, entourée de quatre anges, tient l'enfant Jésus sur ses genoux. Petites figures. — Sur bois, haut 1′ 4″, large 11″ 6‴. (♂).

47. **Eyck** (Jean van), ou de son école.

Adoration des rois. Petites figures. — Sur bois, haut 1′ 5″, large 1′ 1″. (♂).

48. **Hemling** (Jean).

St. Jean Baptiste portant un agneau. L'aube du jour éclaire le paysage. Petite figur. Aile droite du tableau Nr. 49. — Sur bois, haut 1′ 11″, large 10″. (♂)

49. Du même.

Adoration des rois. — Petites fig. Tableau du milieu. Sur bois, haut 1′ 11″, large 1′ 11″. (♂).

50. Du même.

Tête du Christ, de grand. nat. — Sur bois, haut 1′ 6″ 9‴, large 1′ 1″ 9‴. (♂).

51. Du même.

Tête du Christ couronné d'épines. De grand. nat. — Sur bois, haut 1′ 1″ 6‴, large 9″ 9‴. (♂).

52. De l'école de *Jean van Eyck*.

Saint Georges. Un homme, vêtu de noir ayant les mains jointes, est à genoux devant le Saint. Petites fig. — Sur bois, haut 1′ 4″, large 11″ 6‴. (♂).

53. **Goes** (Hugues van der).

La Ste. Vierge avec l'enfant Jésus dans un beau paysage. Petites figur. — Sur bois, haut 1′ 6″, large 1′ 6‴. (♂)

54. **Hemling** (Jean).

St. Christophe, porte l'enfant Jésus sur ses épaules, et traverse au couchant du soleil les vagues de la mer. Aile gauche du tableau du milieu Nr. 49. — Sur bois, haut 1′ 1″, large 10″. (♂)

55. Du même.

Le patriarche Abraham va à la rencontre du roi Melchisedech, et lui offre du pain et du vin. Petites fig. — Sur bois, haut 2′ 9″, large 2′ 2″ 6‴. (♂)

56. **Messis** au *Matsys* (Quentin), nommé le forgeron *d'Anvers.*

St. Barbe, Ste. Christine et St. Madelaine. Pendant du Nr. 45. Fig. en pied de demi-grand. nat. — Sur bois, haut 3′ 2″, large 2′ 10″ 6‴. (♂)

57. **Mabuse** (Jean de), aussi *Malbodius* ou *Maubeuge*, proprement *Gossaert.*

La sainte famille. — Sur bois, haut 2′ 3″, large 1′ 8″ 6‴. (♂)

58. **Hemling** (Jean).

Jésus Christ saisi par les Juifs. Fig. de demi-grand. nat. — Sur bois, haut 3′ 3″ 3‴, large 2′ 1″ 4‴.

59. **Orley** (Bernard d'), né 1490, † 1550. Ecolier de *Raphael d'Urbin.*

St. Norbert, en présence de beaucoup d'auditeurs, refute les erreurs de l'hérétique Teuchlin. Petites figures. — Sur bois, haut 3′, large 2′ 1″ 6‴. (♂)

60. **Schwarz** (Jean), aussi *Schwart de Groenningen*, né 1480, † 1541. Contemporain de *Jean Schoorel.*

Adoration et offrande des rois. Petites figures, — Sur bois, haut 3′, large 2′ 5″ 6‴. (♂)

61. **Mokenen** (Israel de).

Le sauveur tenant le globe terrestre. Demi-fig. — Sur bois à fond doré, haut 1′ 7″, large 1′ 1″ 6‴.

62. Du même.

St. Jacques le majeur. Fig. de demi-grand. nat. — Sur bois, haut 3′ 2″ 6‴, large 11″ 6‴. (♂)

63. **Hemling** (Jean).

Les sept joies de Ste. Marie et l'arrivée des trois rois accompagnés d'un grand cortège, conduits par l'étoile miraculeuse. C'est ce que représente le sujet du milieu. Petites fig. S— ur bois, haut 2′ 6″, large 6′. (♂)

64. **Schoorel** (Jean), né 1495, † 1562 *). Ecolier de *Guillaume* et de *Jacques Cornelisz*, de *Jean Mabuse* et *d'Albert Durer*, sous l'influence de l'école italienne.

Repos en Egypte La Ste. Vierge est assise dans un charmant paysage et regarde avec délices l'enfant Jésus en repos. St. Joseph sort d'un buisson. — Sur bois, haut 1′ 10″, large 1′ 4″ 6‴. (♂)

65. **Weyde** (Rogier van der), né 1480, † 1529.

Buste du Christ avec la couronne d'épines. — Sur bois, haut 1′ 9″, large 1′ 2″ 6‴. (♂).

66. **Goes** (Hugues van der).

La Ste. Vierge pleurant son fils chéri, est entourée des saintes femmes et de St. Jean. Fig. de demi-grand. nat. — Sur bois, haut 1′ 6″, large 1′ 2″. (♂)

---

*) On lit sur son épitaphe à Utrecht: vixit 67 annos, menses 4.

67. **Mekenen (Israel van).**

La Ste. Vierge ayant les mains jointes. — Sur bois à fond doré, haut 1′ 7″, large 1′ 1″ 6‴.

68. **Du même.**

St. Antoine l'ermite. Pendant du Nr. 62. Figure de demi-grand. nat. — Sur bois, haut 3′ 2″ 6‴, large 1′. (♂).

Cinquième Cabinet.

69. **Schoorel (Jean).**

St. George et St. Denis. Le donnateur et sa famille à genoux devant eux, à côté, leurs armoiries. Figur de demi-grand nat. Aile droite du Nr. suivant. — Sur bois, haut 4′ 1″ 6‴, large 2′ 3″ 6‴. (♂)

70. **Du même.**

Mort de la Vierge. Elle est sur le lit de mort entourée des douze apôtres. A la droite un autel avec les portraits de Moïse et d'Aaron. Fig. de demi-grand. nat. Tableau du milieu. — Sur bois, haut 3′ 11″, large 4′ 8″ 6‴. (♂)

71. **Du même.**

Ste. Gudule pose la main sur la tête de la fille de la

donnatrice du tableau, à genoux devant-elle; à côté Ste. Christine. Sur le devant se trouve la donnatrice à genoux en habits de fêtes. Aile gauche du tableau précédant. — Sur bois, haut 4′ 1″ 6‴, large 2′ 3″ 6‴. (♂)

72. **Hemskerk** (Martin), dit *van Veen*, né 1498, † 1541. Ecolier de *Corneille Villems*, puis de *Jean Lucas* et enfin de *Jean Schoorel.*

St. Benoit lit dans un livre qu'il tient à la main. Petite figure. — Sur bois, haut 2′ 4″, large 9′ 6″. (♂)

73. Dans la maniére de *Jean van Meklem.*

Ste. Catherine. Petite figure en pied. Le donnateur du tableau est à genoux à ses pieds; au bas ses asmoiries. — Sur bois, haut 2′ 4″, large 9″ 9‴. (♂)

74. **Mehlem** (Jean van), Ecole de *Cologne.* (Eçole de *Jean Schoorel).*

St. Jean l'évangéliste. Figure de demi-grand. nat. — Sur bois, haut 2′ 8″ 6‴, large 10″ 6‴. (♂)

75. Du même.

St. Henri l'empereur dans une niche de marbre, peint

en grisaille, le visage colorié. Figure de demi-grand. nat. — Sur bois, haut 3′ 6″, large 11″ 6‴. (♂)

76. **Bruyn** (Barthélemy).

St. Cunibert dans une niche de pierre. Figure de demi-grand. nat. — Sur bois, haut 3′ 6″, large 1′. (♂)

77. **Mehlem** (Jean van).

Un Evêque. Au bas la donnatrice du tableau. — Sur bois, haut 2′ 11″, large 11″ 6‴. (♂)

78. Du même.

Jésus Christ à la croix, la Ste. Vierge et St. Pierre à la droite, St. Jean et Ste. Barbe à gauche, Ste. Madelaine à genoux au pied de la croix. En bas sont à genoux les donnataires du tableau. — Sur bois, haut 2′ 11″, large 2′ 4″. (♂)

79. **Schoorel** (Jean van).

St. Jerôme en méditation devant une table où est une tête de mort. — Sur bois, haut 3′ 2″ 6‴, large 2′ 1″ 4‴.

80. **Bruyn** (Barthélemy de).

St. Suibert dans une niche de pierre. Figure de demi-grand. nat. — Sur bois, haut 3′ 6″, large 1′. (♂)

81. **Mehlem** (Jean van).

Ste. Agnès. La donnatrice du tableau est à genoux à ses pieds. — Sur bois, haut 2′ 11″, large 11″ 6‴. (♂)

82. Du même.

Ste. Agnès. — Sur bois, haut 2′ 8″, large 10″. (♂)

83. Du même.

Ste. Hélène dans une niche de marbre, peint en grisaille, le visage colorié. Pendant du Nr. 75. — Sur bois, haut 3′, large 1′. (♂)

84. **Hemskerk** (Martin), dit *van Veen*.

St. Maurice armé de toutes pièces et tenant un drapeau. Petite fig. — Sur bois, haut 2′ 4″, large 9″ 6‴. (♂)

85. Dans la manière de *Jean van Mehlem*.

Ste. Barbe avec la donnatrice du tableau; au bas ses armoiries. Pendant du Nr. 73. — Sur bois, haut 2′ 4″, large 9″ 9‴. (♂)

86. **Mabuse** (Jean de), aussi *Malbodius* ou *Maubeuge*, proprement *Gossaert*.

La sainte famille. Ste. Anne et Ste. Marie assises sur un trône sont entourées de leurs parents. — Sur bois, haut 1′ 8″ 6‴, large 1′ 3″.

87. **Gruenewald** (Mathieu).

La Ste. Viergo assise sur un trône, à côté Ste. Marguerite et Dorothée. Demi-figures. — Sur bois, haut 1' 8'' 6''', large 1' 3''.

88. **Mehlem** (Jean van).

Le portrait en buste de l'artiste. — Sur bois, haut 3', large 2' 3''. (♂)

89. **Bles** (Henri van), né 1480, † 1550.

La salutation angélique. Petites figures. — Sur bois, haut 2' 3'' 4''', large 1' 9''.

90. De l'école *d'Albert Durer.*

Le portement de croix. — Sur bois, haut 3' 4'', large 1' 9'' 6'''. (♂).

91. **Bles** (Henri van).

Adoration des rois. Petites figures. Signé: Henricus Blessius f. — Sur bois, haut 2' 3'' 6''', large 2'.

92. **Hemskerk** (Martin), dit *van Veen.*

Portrait d'homme avec barette noire. Derrière lui apparait la mort. Demi-figure. — Sur bois, haut 1' 6'', large 10''.

93. **Patenier (Joachim), florissait en 1550.**

Fuite en Egypte. Petites figures. — Sur bois, haut 2' 1", large 1' 8". (♂)

94. **Dans la manière *Jean Schoorel.***

Jésus Christ sur la croix: des côtés la Ste. Vierge et St. Jean, Ste. Madelaine à genoux au bas de la croix. — Sur bois, haut 2' 5", large 1' 9". (♂).

Sixième Cabinet.

95. **Hemskerk** (Martin), dit *van Veen*.

L'empereur Henri le saint en riche cotte d'armes, porte, comme fondateur de l'évêché de Bamberg, dans la main, le modèle de la cathédrale de cette ville. Vis-à-vis de lui Ste. Hélène avec la vraie croix. Sur le devant le donnateur du tableau et ses fils. Fig. de grand. prèsque nat. — Sur bois, haut 3′ 5″, large 8′ 5″ 6‴. (♂)

96. **Mabuse** (Jean), aussi *Malbodius* ou *Maubeuge*, proprement *Gossaert*.

Le crucifiement du Christ avec beaucoup de figures. — Au-dessous dans des compartiments séparés la flagellation et le couronnement du Christ. — Sur bois, haut 5′ 6″, large 4′ 8″. (♂)

97. **Hemskerk** (Martin), dit *van Veen*.

St. Jean l'évangéliste tient dans la main droite le calice empoisonné, sur lequel il lève la main gauche en le bénissant. A côté de lui Ste. Cathérine épouse spirituelle du Christ en habits parés. A leuis pieds est à genoux la donnatrice du tableau avec ses filles. Fig. de grand. prèsque nat. Pendant du Nro. 95. — Sur bois, haut 3′ 5″, large 2′ 5″ 6‴*). (♂).

98. **Mabuse** (Jean), aussi *Malbodius* ou *Maubeuge*, proprement *Gossaert*.

Le Christ dans des nues, avec les symboles des quatre évangélistes. — Sur bois, haut 2′ 10″ 6‴, large 2′ 1″ 6‴.

99. **Schaeuffelein**, aussi *Schauffelin* ou *Scheuffelin* (Jean).

Le Christ au jardin des oliviers Petites figures. Marqué du Monogramme de l'artiste et de l'année 1516. — Sur bois, haut 1′ 6″ 8‴, large 1′ 3″ 4‴.

100. **Hemsen** ou *Hemessen* (Jean van).

Lo sainte famille Petites figures. Signe: Johannes de Hemessen p. 1541. — Sur bois, haut 1′ 5″ 2‴, large 1′.

---

*) Les Nro. 95 et 97 sont du meilleur temps de l'artiste dégagé de toute influence italienne.

101. Maître inconnu.

Saint Bernard à l'assemblée de l'empire à Spyre. Au revers la nativité du Christ. — Sur bois, haut 4′ 4″, large 4′ 3″ 6‴. (♂).

102. **Calcar** (Jean de), né 1500, † 1546. Ecolier du *Titien.*

La mère de douleurs. Figure de demi-grand nat. Cintré par en haut. — Sur bois, haut 2′ 7″, large 1′ 8″. (♂).

103. **Cocxie,** aussi *Coxcie* (Michel).

Buste de Ste. Barbe. — Sur bois, haut 1′ 2″ 6‴, large 11″. (♂).

104. Du même.

Buste de Ste. Catherine. — Sur bois, haut 1′ 2″ 6‴, large 11″. (♂).

105. **Goes** (Hugues van der).

Jean assis dans le désert indique l'agneau. Petite figure. Signé: Hugo v. d. Goes. 1472. — Sur bois, haut 11″ 6‴, large 9″.

106. **Hemskerk** (Martin), dit *van Veen.*

St. Ewalk, missionnaire en Fris est assommé par des hommes tenant des massues. Petites Figures. Peinture faite sous l'influence de l'école italienne. — Sur bois, haut 1′ 3″, large 1′ 1″ 6‴. (♂).

107. **Hemskerk** (Martin), dit *van Veen.*

La conversion d'une femme. Petites figures. — Sur bois, haut 1′ 2″ 6‴, large 1′ 1″ 6‴. (♂).

108. Du même.

St. Ewald défend sa foi devant le juge. Petites figures. — Sur bois, haut 1′ 2″ 6‴, large 1′ 1″ 6‴. (♂).

109. **Assen** (Jean Walter van), né 1490, florissait en 1514.

Hugues Abbé des chartreux. Au bas à genoux le donataire du tableau. Pièce latérale du Nro. 110. — Sur bois, haut 3′ 2″ 6‴, large 10″. (♂).

110. Du même.

Déscente de croix. Tableau du milieu. — Sur bois, haut 3′ 3″, large 2′ 3″. (♂).

111. Du même.

Ste. Catherine. La femme du donnataire du tableau est à ses pieds Pièce latérale du Nro. 110. — Sur bois, haut 3′ 2″ 6‴, large 10″. (♂).

112. **Bruyn** (Barthélemy de).

St. Etienne. En bas est à genoux le donnataire du

tableau. Petites figures. Pièce latérale du Nro. 113. — Sur bois, haut 3′ 6, large 2′ 5″ 6‴. (♂).

113. **Bruyn** (Barthélemy de).

La déscente de croix. Tableau du milieu d'un autel. — Sur bois, haut 3′ 6″ 6‴, large 2′ 5″ 6‴. (♂).

114. Du même.

St. Géréon au bas est à genoux le donnataire du tableau. Pièce latérale du Nro. 113. — Sur bois, haut 3′ 6″, large 1′. (♂).

115. **Mabuse** (Jean), aussi *Malbodius* ou *Maubeuge*, proprement *Gossaert*.

La Ste. Vierge tenant l'enfant Jésus sur un entablement, où elle est assise. Petites figures. Signé: Joannes Malbodius Pingebat 1527. — Sur bois, haut 11″ 6‴, large 9″. (♂).

116. **Hemskerk** (Martin), dit *van Veen*.

La décollation d'un missionaire en Frise. Petites figures. — Sur bois, haut 1′ 3″, large 1′ 1″ 6‴. (♂).

117. Du même.

St. Ewald prend congé du roi son père. Petites figures. — Sur bois, haut 1′ 3″, large 1′ 11″ 6‴. (♂).

118. **Hemskerk** (Martin), dit *van Veen*.

St. Ewald devant l'empereur romain. Petites figures. — Sur bois, haut 1' 3'', large 1' 1'' 6'''. (♂).

119. **Goes** (Hugues van der).

La Ste. Vierge avec l'enfant Jésus est assise sous un portique. Petites figures. — Sur bois, haut 2' 2'', large 1' 7'' (♂).

Septième Cabinet.

120. **Durer** (Albert).

Portrait d'Oswald Krel. Signé 1499. — Sur bois, haut 1' 7'', large 1' 2''. (♂).

121. **Amberger** (Christoph), né 1490, † 1563. Ecolier de *Jean Holbein, l'aîné.*

Dieu le père debout sur le globe terrestre et ayant la tiare sur la tête, tient le sauveur attaché à la croix Sur bois, haut 2' 9'' 6''', large 1' 2'' 6'''.

122. **Zeytblom** (Barthélemy), florissait en 1490.*)

St. George tient de la main droite un drapeau. Petite figure en pied. — Sur bois, haut 2' 2'' 6''', large 1' 6''. (♂).

*) Il est inscrit dans le registre magistrale d'Ulm, vivant encore en 1517.

123 **Durer** (Albert).

St. Joachim et St. Joseph. Petites figures. Tableau peint sous l'influence de l'école du Bas-Rhin en 1523. — Sur bois à fond doré, haut 3′ 6″ large 1′ 8″. (♂).

124. Du même.

Portrait de l'artiste en habit brun avec fourrure, et l'inscription à gauche: *Albertus Durerus, Noricus ipsum me propriis sic efingebam coloribus aetatis XXVIII.* A droite marqué du Monogramme de l'artiste et de l'année 1500. Sur bois, haut 2′ 1″, large 1′ 6″.

125. **Walch** (Jacques), né à Nuremberg vers 1470, † 1500.

Portrait de l'empereur Maximilian I., en costume impérial. Demi-figure. — Sur bois, haut 2′ 6″, large 1′ 6″. (♂).

126. **Zeytblom** (Barthélemy).

St. Antoine l'ermite derrière lui le porc avec la cloche. Petite figure. — Sur bois, haut 2′ 2″ 6‴, large 1′ 6″.

127. **Durer** (Albert).

Siméon et l'évêque Lazare. Petites figures sur fond doré. Marqué du Monogramme de l'artiste et de 1523. — Sur bois, haut 3′ 6″, large 1′ 8″. (♂).

128. Du même.

Portrait de Durer le vieux à l'âge de 70 ans, père de

l'artiste, avec une inscription qui dit: *Jai peint ceci d'après la personne de mon père, lorsqu'il avait soixante et dix ans. Albert Durer l'aînè.* Marqué du monogramme de l'artiste et daté de 1497. — Sur bois, haut 1′ 8″, large 1′ 3″ 6‴. (♂).

129. **Amberger** (Christophe).

La Ste. Vierge sur un croissant avec l'enfant Jésus dans ses bras. Fig. en pied. — Sur bois, haut 2′ 9″ 3‴, large 1′ 2″ 6‴.

130. **Burgkmair** (Jean).

St. Jean Baptiste. Fig. de demi-grand. nat. — Sur bois, haut 4′ 6″, large 1′ 4″ 6‴.

131. **Walch** (Jacques).

Portrait de Haller de Hallerstein patricien de Nuremberg. — Sur bois, haut 4′ 6‴, large 1′ 6″. (♂).

132. **Burgkmair** (Jean).

St. Jean l'évangeliste. Fig. de demi-grand. nat. — Sur bois à fond doré, haut 4′ 6″, large 1′ 4″ 6‴. Pendant du Nr. 130.

133. **Asper** (Jean), né 1499, † 1571. Imitateur de *Jean Holbein*.

Buste d'un nommé Weiss. Marqué: 1553. — Sur bois, haut 1′ 7″, large 1′ 1″. (♂).

134. **Aldegraever** (Henri).

Tête d'homme à barbe rousse et bonnet rouget. — Sur bois, haut 1′ 2″ 6‴, large 10″ 9‴.

135. **Holbein** (Jean), *le jeune.*

Portrait d'un jeune homme en habit et chapeau rouge. Marqué: 1529. — Sur bois, haut 1′6″ 6‴, large 1′2″ 6‴.

136. **Burgkmair** (Jean).

Buste du Duc Guillaume IV. de Bavière, en riche costume. — Sur bois, haut 2′ 1″ 6‴, large 1′ 5″.

137. **Kranach** (Lucas), proprement *Sunder*, aussi *Lucas Müller.*

Adam et Eve dans le Paradies, près de l'arbre de vie. Petites fig. — Sur bois, haut 1′ 5″ 6‴, large 1′ 2″.

138. **Altdorfer** (Albert), né 1440, † d'après *Bartsch* 1538.

Susanne au bain; dans le fond un édifice superbe. Petites figures. Marqué du monnogramme de l'artiste et daté de 1526. — Sur bois, haut 2′ 3″ 9‴, large 1′ 11″.

139. **Durer** (Albert).

Portrait de Michel Wohlgemuth, maitre d'Albert Durer avec l'inscription: *Albert Durer à fait ce portrait d'après son maître Michel Wohlgemuth en 1516, ou il avait 82 ans, et a vécu jusqu'a 1519, ou il est dècédé le jour de St. André avant le lever du soleil.* Marqué du monogramme et daté de 1516. — Sur bois, haut 10″, large 9″.

140. **Aldegraever** (Henri).

Buste d'homme en habit noir, occupé à compter de l'argent. — Sur bois, haut 1′ 3″, large 10″.

141. **Kranach** (Lucas).

Les bustes de Martin Luther et de Philippe Melanchton, en deux compartiments, avec l'inscription: *in silentio et spe erit fortitudo vestra.* Marqué du monogramme de l'artiste et daté de 1532. — Sur bois, haut 7″ 1‴, large 5″ 9‴.

142. **Du même.**

La sainte Vierge présente une grappe de raisin à l'enfant Jésus, qui est debout sur un cousin. — Sur bois, haut 1′ 10″ 6‴, large 1′ 3″ 8‴.

143. **Holbein** (Henri), *le jeune.*

Portrait d'un écclésiastique richement habillé, avec une chaîne d'or au col, ou est attachée une croix; derrière lui apparait la mort, qui montre du doigt un sablier. — Sur bois, haut 3′ 4″, large 1′ 9″.

144. **Kranach** (Lucas).

Loth et ses filles. Petites figures. — Sur bois, haut 2′, large 1′ 5″ 8‴.

145. **Schoen**, proprement *Schongauer le beau*, (Martin).

Entrée de David à Jérusalem, portant la tête de Goliath; des femmes le reçoivent au son de la musique.

Petites figures. – Sur bois, haut 2′ 4″ 6‴, large 1′ 5″ 6‴.

146. **Largkmair** (Jean). Elève de *Martin Schön.*

Portrait de Martin Schongauer, dit *Martin Schön*, avec l'inscription: Bau Martin Schongauer peintre 1483. *) Marqué: 15L04. — Sur bois, haut 10″ 6‴, large 7″ 10‴.

147. **Durer** (Albert).

Portrait d'un jeune homme, soi-disant *Jean Durer,* né en 1478. Marqué 1500. — Sur bois, haut 8″ 9‴, large 8″ 4‴.

148. **Baldung** *Grun* (Jean Barthélemy), ou *Jean Baudouin Grun*, né 1470, † 1545.

Portrait en buste du Margrave Philippe Christophe de Bade. Signé: Baldung faciebat 1515. — Sur bois, haut 1′ 5″ 6‴, large 1′ 1″ 8‴.

149. **Holbein** (Jean), *le jeune.*

Le portrait du chancelier de Flandre, Jean de Caron-

---

*) On lit sur le revers du tableau:

Maître Martin Schongauer, peintre, dit Martin le beau, à cause de son art, né à Colmar. Mais a cause de ses parens il fut reçu bourgeois d'Augsbourg et reconnu comme noble. Né . . . . mort à Colmar en 1499 . . . . le 2 . . . . février. Dieu lui fasse grâce.

Et je fus son élève (Jean Largkmair) l'an 1488.

dolet. Au revers ses armoiries avec une inscription. — Sur bois, haut 1′ 7″ 9‴, large 1′ 5″ 4‴.

150. **Burgkmair** (Jean).

Portrait en buste de la princesse Marie Jacobée de Bade, épouse du Duc Guillaume IV. de Bavière. Pendant du Nr. 136. — Sur bois, haut 2′ 1″ 6‴, large 1′ 5″.

151. **Leyden** (Lucas de), ou *Huygens*.

La Ste. Vierge assise sur une trône sous un portique ouvert, ayant l'enfant Jésus sur ses genoux. A côté St. Madelaine ; et devant-elle le donnataire du tableau à genoux dans une position suppliante, qu'on croit être le peintre. Signé: L. 1522. Fig. jusqu'aux genoux. — Sur bois, haut 2′ 1″ 10‴, large 2′ 1″ 6‴.

Huitième Cabinet.

152. **Hemsen** ou *Hemesen* (Jean van).

St. Jean Baptiste prêchant dans le désert. Petites fig. — Sur bois, haut 2′ 4″, large 3′ 5″ 6‴.

153. **Durer** (Albert).

La sainte mère du Sauveur, absorbée dans le douleur. — Fig. de grand prèsque nat. — Sur bois, haut 3′ 5″, large 1′ 4″.

154. **Elzheimer** (Adam), né 1574, † 1620. Ecolier de *Philippe d'Uffenbach*, et se perfectionna à Rome.

Saint Laurent est déshabillé pour le martyre. — Sur bois, haut 1′ 10″, large 1′ 5″ 6‴.

155. **Feselen** (Melchior).

Rome assiegée par Porsenna roi des Hetruriens. Tableau d'un nombre infini des petites figures. — Sur bois, haut 3′ 2″ 6‴, large 5′ 1″.

156. **Schaffner** (Martin).

Portrait du Comte Wolfgang d'Oetting. Demi-fig. Sur le haut se trouvent les vers suivants:

Sum Wolfgangus ego Comes ex Oetting bene natus,
Quinquaginta duos Phoebus mihi sustulit annos,
Me, quem solio aqui petierunt cornua tauri,
Martinus Schaffner mira depinxerat arte 1508.

Sur bois, haut 1′ 5″, large 11″.

157. **Kranach** (Lucas), *l'ainé.*

Tableau en trois parties. Sur le tableau du milieu le crucificment du Christ. Sur la partie gauche dans trois compartiments: le mont des oliviers, le couronnement, et le portement de croix. Sur la partie droite: la flagellation, l'Ecce-homo, et la résurrection. Marqué 1540. — Sur bois, haut 2′, large 1′ 3″ 8‴. Les côtés latéraux, haut 2′, large 6″ 3‴.

158. **Schaffner** (Martin).

Portrait du Mathematicien Pierre Appian, avec un compas à la main. Demi-fig. — Sur bois, haut 1′ 11″, large 9″ 5‴. (♂).

159. **Amberger** (Christophe).

Saint Roch avec un ange. Petites figures. — Sur bois, haut 2′ 9″, large 1′ 2″.

160. **Aldegraever** (Henri).

La Ste. Vierge assise avec l'enfant Jésus sur des nues dans une gloire d'une multitude d'anges. — Sur bois, haut 2′ 3″, large 1′ 4″.

161. **Durer** (Albert).

La Vierge mourante, entourée des apôtres. — Sur pierre, haut 8″ 6‴, large 6″ 9‴.

162. **Aldegraever** (Henri).

Le charitable Samaritain verse de l'huile dans les plaies d'un voyageur, attaqué par des brigands, qu'il trouve sur la route. Petites fig. — Sur bois, haut 3″ 6‴, large 6″ 1‴.

163. **Schoen**, proprement *Schongauer* (Martin).

Buste de forme ronde, de la Ste. Vierge. — Sur bois, diamètre 5″ 6‴.

164. **Kranach** (Lucas).

La Ste. Vierge avec l'enfant Jésus. Au revers des armoiries et la date 1549. De forme ronde, sur bois, diamètre 5″ 6‴.

165. **Leyden** (Lucas de), ou *Huygens.*

Circoncision de Jésus. — Sur cuivre, haut 10″ 9‴, large 7″.

166. **Aldegraever** (Henri).

Le charitable Samaritain transporte le voyageur blessé à une hôtellerie. Petites figures. — Sur bois, haut 3″ 6″, large 6″ 1‴. Pendant du Nr. 162.

166. **Holbein** (Jean), *le jeune.*

Portrait d'un jeune home vêtu d'un habit noir. — Signé: De Bor, Aetatis suae MDXXX. Ovale. — Sur papier, haut 3″ 3‴, large 2″ 6‴.

167. **Kranach** (Lucas).

Moïse et Aaron avec la table de la loi. Petites figures. — Sur bois, haut 10″, large 5″ 6‴.

168. **Ossinger** (Michel), florrisait en 1543. Elève *d'Altdorfer.*

Dieu le père dans une gloire, assis sur un trône avec l'agneau. Sujet de l'apocalipse. Marqué du monogramme de l'artiste. — Sur bois, haut 2′ 5″ 2‴, large 2′ 3″ 6‴. (♂).

169. **Altdorfer** (Albert).

Victoire d'Alexandre le Grand sur Darius à la bataille prés d'Arbèle. Tableau d'un nombre infini de figures.

Marqué du monogramme de l'artiste et de l'année 1529. — Sur bois, haut 4' 11'', large 3' 8'' 6'''.

170. **Largmair** (Jean).

Le Christ à la croix. D'un côté la Vierge et de l'autre St. Jean; au pied de la croix Ste. Madelaine. Marqué 1504. L. — Sur bois, haut 2' 11'' 6''', large 2' 2''. (P).

171. **Rottenhammer** (Jean), et **Breughel** (Jean).

La Vierge entourée d'anges assise dans un jardin. — Sur cuivre, haut 10'' 6''', large 1' 1''.

172. **Rottenhammer** (Jean).

La Vierge assise avec l'enfant Jésus sur un trône, entourée d'anges; aux côtés t. François et St. Jean l'évangeliste. — Sur cuivre, haut 10'' 7''', large 7'' 3'''.

173. **Rottenhammer** (Jean), et **Breughel** (Jean).

Actéon surprend Diane au bain. — Sur cuivre, haut 1', large 1' 5'' 6'''.

174. **Rottenhammer** (Jean).

Le jugement de Paris. Signé: H. ROTTENHAMMER F. IN VENETIA 1605. Sur cuivre, haut 8'', large 11''.

175. **Denner** (Balthasar), né 1685, † 1749. Elève *d'Ammamma.*

Buste d'un vieillard vêtu d'une fourrure. Exécuté d'un fini extraordinaire. — Sur cuivre, haut 1' 1" 10"', large 11" 8"'.

176. **Roos** (Henri).

Un taureau brun, à son côté un bélier et un groupe de moutons en repos, dans un paysage. — Sur toile, haut 1' 5" 2"', large 1' 1" 7.

177. **Netscher** (Gaspard), né 1639, † 1684. Elève de *Gérard Terbourg* et de *Gérard Dow.*

Bethsabée au bain; une vieille femme lui remet une lettre. — Sur bois, haut 1' 3" 6"', large 1' 8" 6"'.

178. **Fischer** (Jean George), né 1580, † 1643. Imitateur *d'Albert Durer.*

Jésus Christ saisi par les Juifs. Petites figures. Marqué: 1633. — Sur parchemin tendu sur bois, haut 1' 3", large 1' 9".

179. **Dorner** (Jacques), le père, né 1741, † 1813. Elève de *François Rösch.*

Une marchande occupée dans son magazin. Portrait de

l'épouse de l'artiste. Figure jusqu'aux genoux. — Sur bois, haut 1' 6" 9''', large 1' 3" 3'''.

180. **Elzheimer** (Adam).

Triomphe de la religion chrétienne sur la païenne; sur le devante se trouve une procession de sacrificateurs, qui sont repoussés. — Sur cuivre, haut 11" 4''', large 1' 3".

181. **Rottenhammer** (Jean).

La noce de Cana en Galilée. Pet. fig. — Sur cuivre, haut 1' 3" 3''', large 1' 8" 10'''.

182. Du même.

Le jugement dernier. Pet. fig. — Sur cuivre, haut 2' 1" 3''', large 1' 5" 3'''.

183. Du même.

Une danse d'enfans nus dans un paysage. — Sur cuivre, haut 1', large 10".

184. **Elzheimer** (Adam).

Incendie de Troie. Enée sauve son père et les dieux pénates des flammes. Petites fig. — Sur cuivre, haut 1' 1" 7''', large 1' 7" 2'''.

185. **Netscher** (Gaspard).

Amusement musical. Une dame, qui chante, vêtue de

satin blanc assise à une table, à ses côtés une jeune dame debout ayant son petit chien sous les bras; vis-à-vis un joueur de luth et un chanteur. Petites figures. — Sur toile, haut 1′ 6″ 10‴, large 1′ 5″.

186. **Elzheimer** (Adam).

Fuite en Egypte bel effet de nuit au clair de lune; à gauche le feu nocturne des bergers. Gravé par Goudt. — Sur cuivre, haut 11″ 3‴, large 1′ 3″ 9‴.

187. **Denner** (Balthasar).

Buste d'une vieille femme en habit fourrée et coiffée d'un bonnet blanc. Pendant du Nr. 175. — Sur cuivre, haut 1′ 1″ 10‴, large 11″ 8‴.

188. **Netscher** (Gaspard).

Une jeune dame présente une amande à son perroquet. Petite fig. jusqu'aux genoux. Signé: C. Netscher 1666. — Sur bois, haut 1′ 5″, large 1′ 1″ 6‴.

189. **Elzheimer** (Adam).

St. Jean Baptiste prêche dans le désert au peuple rassemblé sous des arbres touffus. — Sur cuivre, haut 1′ 2″ 6‴, large 1′ 8″.

190. **Netscher** (Constantin), né 1670, † 1722. Elève de son père *Gaspard.*

Un berger assis auprès d'une fontaine, tient une fille dans ses bras. Petites fig. — Sur toile, haut 1′ 7″ 8‴, large 1′ 4″ 8‴.

Neuvième Cabinet.

191. **Teniers** (David), le jeune, né 1610, † 1694. Elève de son père *David.*

Un corps de garde de milice bourgeoise ou se voient differentes armes. Une groupe des soldats s'amusent au jeu. — Sur toile, haut 2′ large 2′ 6″ 8‴.

192. **Breughel** (Pierre), *l'ainé*, né 1510, † 1570. Elève de *Pierre Koek.*

St. Jean Baptiste préchant au peuple, rassemblé autour de lui. Pet. Fig. — Sur bois, haut 1′ 3″, large 1′ 10″.

193. **Teniers** (David), *le jeune.*

Des paysans rassemblés dans une tabagie. — Sur bois, haut 1′ 1″ 8‴, large 1′ 6″ 6‴.

194. Teniers (David), *le jeune.*

Quelques singes prés du feu d'une cheminée sont occupés à préparer des mets, que mangent d'autres singes masqués. — Sur bois, haut 10″, large 1′ 1″ 5‴.

195. Du même.

Un concert de chats et de singes; une chouette est perchée sur le cahier de musique. — Sur bois, haut 9″ 6‴, large 11″ 6‴.

196. **Berghem** (Nicolas).

Paysage. Sur le plan du milieu une montagne, au pied de laquelle est une ville, sur le devant on charge une charette. — Sur bois, haut 9″, large 1′ 4‴.

197. **Zachtleeven**, aussi *Sachtleeven* (Hermann), né 1609, † 1685. Elève de *van Goyen.*

Une vue du Rhin. Entre de fertiles montagnes serpente ce beau fleuve couvert de bateaux. — Sur cuivre, haut 9″ 6‴, large 1′ 1″ 8‴.

198. **Breughel** (Jean), *le jeune*, dti *Breughel de velours.*

Paysage. Une route animée de beaucoup de voyageurs, conduit à une ville. Sur cuivre, haut 1′ 1″ 7‴, large 1′ 9″ 6‴.

199. **Brouwer** (Adrien), né 1608, † 1640. Elève de *François Hals.*

Des paysans jouant aux cartes dans une tabagie. — Sur bois, haut 1', large 1' 3''.

200. **Breughel** (Jean), dit *Breughel de velours.*

Paysage. Des voyageurs se rafraîchissent auprès d'une auberge. — Sur cuivre, haut 8'' 7''', large 1' 1''.

201. Du même.

Paysage. Dans une vallée fertile, un chemin conduit à une hauteur, sur laquelle se trouve un moulin à vent. — Sur bois, haut 1' 4'' 5''', large 1' 11'' 2'''.

202. Du même.

Une guirlande de fleurs et de fruits formant le nom Ste. Marie. Au milieu se trouve la sainte famille dans un paysage peint par *Pierre van Avont.* — Sur bois, haut 2' 10'', large 3' 3''.

203. **Frank** (François), *le jeune*, né 1580, † 1642. Elève de son père *Dom François.*

Combat de cavalerie. Signé: F. Frank inv. f. Ao. 1631. — Sur bois, haut 8'' 6''', large 1' 8'' 3'''.

204. **Zachtleeven,** aussi *Sachtleeven* (Hermann).

Une contrée du Rhin. Pres du fleuve un groupe d'arbres et derrière un chateau fort. — Sur bois, haut 8″ 3‴, large 10″ 10‴.

205. **Breughel** (Jean), dit *Breughel de velours.*

Un chemin traverse un village au bord d'une rivière, où beaucoup de personnages sont rassemblés. Sur bois, haut 9″ 3‴, large 1′ 1″ 3‴.

206. Du même.

Crucifiement. La Ste. Vierge tombe évanouie dans les bras de Ste. Jean. —Sur cuivre, haut 1′ 1″ 3‴, large 1′ 8″ 4‴.

207. **Brouwer** (Adrien).

Des soldats espagnols jouent aux dés dans une tabagie. — Sur bois, haut 1′, large 1′ 3″ 9‴.

208. **Breughel** (Jean), dit *Breughel de velours.*

Près d'une rivière navigable se voit à gauche un bois épais traversé par un chemin, animé par beaucoup de personnes. — Sur cuivre, haut 1′ 5‴, large 1′ 5″.

209. **Breughel** (Pierre), *l'ainè.*

Paysage. Des paysans se divertissent en dansant et en

buvant devant une maison sous des arbres. — Sur bois, haut 1' 3'', large 1' 8' 6'''.

210. **Teniers** (David), *le jeune.*

Un joyeuse société de paysans dans un cabaret. — Sur bois, haut 1' 1'' 8''', large 1' 4'' 3'''.

211. **Du même.**

Une société de singes fumant et buvant dans une cave. Sur bois, haut 10'', large 1' 1'' 5'''.

212. **Du méme.**

Un paysan avec un bonnet de couleur rouge, assis près de sa cruche de bière, joue du violon. — Sur bois, haut 9'' 6''', large 1' 1'' 6'''.

213. **Brill** (Paul), né 1554, † 1626. Ecolier de *Daniel Wortelmans.*

Paysage avec vue sur la mer. Sur le devant, Jésus Christ accompagné de ses apôtres guerit un possédè — Sur cuivre, haut 10'', large 1' 1'' 4'''.

214. **Breughel** (Jean), *le jeune.*

Un fleuve navigable près d'un village. Un chariot sur un chemin déchargé par des femmes. Forme ronde. — Sur cuivre, diamêtre 7'' 6'''.

215. **Balen** (Henri van), né 1560, † 1632. Elève *d'Adam van Oort.*

Une bacchanale. Bacchus sur un char, tiré par des chèvres, est entouré de la suite. Le paysage est peint par *Jean Breughel.* — Sur bois, haut 2′ 1″ 6‴, largé 2′ 8″ 4‴.

216. **Du même.**

Diane après la chasse, se repose avec ses chiens, et parle avec une nymphe. Le paysage est peint par *Jean Breughel.* — Sur bois, haut 1′ 7″, large 2′ 6″.

217. Du même.

Une forêt, dans laquelle des nymphes après la chasse, choisissent des poissons pris dans des filets. Le paysage est peint par *Jean Breughel.* — Sur bois, haut 1′ 10″, large 2′ 6″ 4‴.

218. **Vinkenbooms** (David),

Des bourgeois masqués patinent sur la glace d'un fossé. — Sur bois, haut 1′ 8″ 2‴, large 2′ 6″.

219. **Brouwer** (Adrien).

Réunion de fumeurs. — Figures jusqu'aux genoux. — Sur bois, haut 8″ 10‴, large 7″ 7‴.

220. **Breughel** (Jean).

Une cabane au bord d'un ruisseau, traversé par un

petit pont de bois, qui conduit dans un forêt. Forme ronde. — Sur bois, diamêtre 6″ 1‴.

221. **Brouwer** (Adrien).

Un paysan assis sur un tonneau joue du violon, pendant que d'autres assis près de la cheminée chantent. — Sur bois, haut 9″, large 8″.

222. **Breughel** (Jean).

Un chemin animé de beaucoup de chariots, conduit à travers une forêt. A droite la vue sur une vallée arrosée par un fleuve. — Sur cuivre, haut 7″ 2‴, large 11″.

223. Du même.

St. Martin, entouré par la foul dans un village, partage son manteau avec un pauvre. — Sur cuivre, haut 7″ 7‴, largé 11″ 3‴.

224. **Balen** (Henri van), et **Breughel** (Jean).

Le Printemps.

La déesse Flore assise dans un jardin de fleurs sur un tapis. On voit une fertile vallée traversée par une rivière. — Sur cuivre, haut 1′ 9″, large 2′ 7″ 6‴.

225. Du même.

L'Eté.

Cérès assise sous l'ombne d'un arbre. On lui offre des

fruits et des fleurs. — Sur cuivre, haut 1′ 9″, large 2′ 7″ 6‴.

226. **Breughel** (Jean).

Un beau rouquet de fleurs dans un vase sur une table. — Sur bois, haut 3′ 10″ 4‴, large 2′ 11″ 9‴.

227. **Breughel** (Pierre), *le jeune*, dit *Breughel d'enfer*, † 1642. Elève *d'Egide Conin.*

La ville de Sodome en flammes. Sur le devant Loth et ses filles dans une grotte. — Sur cuivre, haut 10″, large 11″ 6‴.

228. Du même.

La ville de Troie incendiée par les Grecs. Sur le devant Enée sauvant son père Anchise. — Sur cuivre, haut 10″, large 11″ 6‴.

229. **Savery** (Roland), né 1576, † 1639. Elève de son père, puis de *Paul Brill.*

Un sanglier débusqué par des chiens dans une forêt de chênes, se précipite sur deux chasseurs armés de piques. — Sur bois, haut 9″ 6‴, large 1′ 1″ 6‴.

230. **Breughel** (Jean).

Des voyageurs à cheval et en voiture passent par un village, situé sur une hauteur. On voit dans le lointain une vallée. — Sur cuivre, haut 9″ 6‴, large 1′ 1″ 6‴.

231. **Balen** (Henri van), et **Breughel** (Jean).

L'Automne.

Sur le premier plan du gibier mort. Bacchus assis sous un pommier; des Satyres et des Bacchantes présentent des fruits d'automne. — Sur cuivre, haut 1' 9'', large 2' 7'' 6'''.

232. Des mêmes.

L'Hiver.

Un repas auprès du feu d'une cheminée d'un bâtiment ouvert. En arrière un canal couvert de patinneurs.— Sur cuivre, haut 1' 9'', large 2' 7'' 6'''.

233. Des mêmes.

Des nymphes ramassent du gibier tué, et le chargent sur des mulets. Les animaux sont peints par *François Snyders*. -- Sur bois, haut 1' 11'' 7''', large 3' 5''.

Dixième Cabinet.

---

234. **Frank** (Dominique François), *l'ainé*, né 1540, † 1606. Elève de *François Floris*.

Une société reunie dans uue salle ornée d'objets d'arts, se divertit pendant le repasà entendre une production musicale. Signé: Do. F. Ekank inv. et f. — Sur bois, haut 1' 11'' 3''', large 2' 11'' 9'''.

235. **Veen** (Octave van), dit *Ottovaenius*, né 1556, † 1634. Elève *d'Isaac Claes* et de *Joas van Winghen*.

Le triomphe de l'église catholique représenté dans six tableaux allégoriques.

Premier char de triomphe.

L'écriture sainte personnifiée, assise sur char, à côté

d'elle la tradition; sur le devant du char la raison et la modération, leurs regards tournés vers la tradition.

Le char tiré par quatre chevaux est conduit par les quatre pères de l'église du premier siecle, *Justin, Tertulien, Eusèbe* et *Augustin.* Toutes les nations suivant le char. — Sur bois, haut 2' 4'', large 3' 3'' 5'''.

236. **Veen** (Octave van), dit *Ottovaenius.*

Deuxième char de triomphe.

La parole de Dieu, assise sur un char d'or, d'épose les saints documents dans le sein de l'église.

Le char est tiré par les attributs des quatre évangelistes, le lion, le boeuf, l'aigle et un ange et condui pàr les apôtres St. *Pierre* et St. *Paul*; St. *Jacques* ett *Judas Thaddée* marchent à côté. De même.

237. **Du même.**

Troisième char de triomphe.

L'église seule reposant sur le globe terrestre, garde dans son sein les divines écritures; elle est entourée des témoignages de son pouvoir et de son infaillibilité en matière de foi, sous la protection du St. Eprit qui plane au-dessus d'elle.

Le char tiré par deux chevaux, est conduit par la parole de Dieu. Les docteurs hétérodoxes, *Donat, Jean Wiklef* et *Jean Huss,* qui sous influence du Démon, ont expliqué l'écriture dans un sens erroné, suivent le char en vaincus. Le de mon plane au-dessus d'eux De même.

238. **Veen** (Octave van), dit *Ottovaenius.*

Quatrième char de triomphe.
L'église catholique-romaine assise sur le globe terrestre sous un baldaquin, entourée des marques caractèristiques, qui conviennent à elle seule, à cause de son unité et de sa descendance en ligne non interrompue des apôtres et de leurs successeurs, les papes romains.

Les chevaux blancs sont menés par des rênes d'or, par *Irénée*, *Ambroise*, *Jerôme* et *Vincent Lerins.* De même.

239. **Du même.**

Cinquième char de triomphe.
La Ste. église catholique-romaine assise sur le globe terrestre dans un char recouvert de pourpre, exerce le pouvoir que Dieu lui a conféré pour maintenir l'unité de la croyance, en expliquant les vérité de la foi, contre les doctrines hétérodoxes *d'Arien,* de *Macedoine,* de *Nestor* et *d'Eutiches,* qui furent condamnés dans les quatre conciles de *Nicée,* de *Constantinople, d'Ephèse* et de *Chalcédoine,* en présence des légats *Hosius, Cyrillus* et *Paschamius.*

Des anges aparaissent dans une gloire céleste avec les insignes du chef de l'église, la triple croix, les clefs et la t'aire. De même.

240. **Veen** (Octave van), *Ottovaenius.*

Sixième char de triomphe.

La raison humaine précède le char, reconnaissant la révelation divine, et tournant le regard vers la parole de Dieu qui dirige le char. L'église suit et aulieu d'elle dans le char l'obeissance, figurée par le sacrifice d'Abraham, la foi et la charité, dont le Christ sur la croix en est l'archétype, y sont placées.

Toutes les nations, de payens, des juifs et des turcs, avec le démon, ennemi de tout d'amour, qui porte dés charbons ardens sur sa tête, suivent le char. De même.

241. **Balen** (Henri van), et **Broughel** (Jean).

Banquet des Dieux dans une forêt. Jupiter occupe la première place à la table. Neptun et Pluton sont assis sur le devant. Hercule et un Satyr ayant tirés Bacchus d'une grotte le portent à la table. A gauche Minerve parmi des nymphes qui font de la musique. — Sur bois, haut 2′ 1″ 6‴, large 3′ 3″ 3‴.

242. **Frank** (François), *le jeune.*

Les sept oeuvres de miséricorde. Marqué 1630. — Sur bois, haut 2′ 5″, large 3′ 5″ 5‴.

243. **Ostade** (Adrien van), né 1610, † 1685. Elève de *François Hals.*

Des fruits, des poissons et un lièvre mort placés dans

une cabane. Dans le fond une femme et un garçon. Signé: A. v. Ostade 1647. — Sur toile, haut 2′ 9″, large 2′ 1″ 6‴.

244. **Frank** (François), *le jeune.*

Tableau allégorique. Du peuple rassemblé sur le devant rendant hommage à l'idolatrie, tourne ses regards vers l'apparission de Jupiter. Plus au fond, les convertis au christianisme prennent le chemin qui conduit au ciel. — Sur bois, haut 1′ 6″ 6‴, large 2′ 4″ 6‴.

245. **Breughel** (Jean).

Paysage animé de beaucoup de personnes, avec vue sur la mer. Sur le devant est représentée la continence de Scipion l'africain. — Sur cuivre, haut 2′ 2″ 8‴, large 3′ 6‴.

246. Du même.

Paysage avec vue sur la mer et un port. Sur le plan du milieu Jésus Christ préchant au peuple, du bord du vaisseau. — Sur bois, haut 2′ 5″ 7‴, large 3′ 8″ 2‴.

247. **Both** (Jean et André).

Les ruines du temple de la Concorde à Rome. Au premier plan sur des débris épars est assis une société qui s'amuse au jeu de cartes, plus au fond d'autres personnes jouent aux boules. — Sur toile, haut 2′ 1″ 4‴, large 2′ 8″.

248. **Teniers** (David), *le jeune.*

Danse et jeu de paysans dans un cabaret flamand. — Sur bois, haut 1′ 9″, large 2′ 6″.

249. Du même.

Noce de paysans devant un cabaret. — Sur cuivre, haut 2′ 1″, large 2′ 8″.

250. **Steen** (Jean van), né 1636, † 1689. Elève de *van Goyen* et de *Nicolas Knupfer.*

Querelle de paysans dans une cabane. — Sur toile, haut 2′ 1″, large 3′ 9″.

251. **Ostade** (Isaac), né 1612. Elève de son frère *Adrien.*

Paysage d'hiver. Des patineurs s'amusent sur la glace d'un canal hollandais. — Sur bois, haut 2′, large 2′ 8″ 9‴.

252. **Teniers** (David), *le jeune.*

Une compagnie de buveurs et de fumeurs dans une auberge, assis à une table. — Sur bois, haut 1′ 8″, large 2′ 3″.

253. **Laar**, ou *Laer* (Pierre de), dit *Bamboche*, né 1613, † 1675. Elève de *Jean del Campo.*

Des soldats morts et blessés sur un champ de bataille, sont pillés par des cavaliers. — Sur toile, haut 1′ 5″ 2‴, large 1′ 11″ 10‴.

Onzième Cabinet.

254. **Rembrandt** *van Ryn* (Paul).

Buste d'un vieillard en casaque rouge et bonnet noir. — Sur bois, haut 1′ 11″ 2‴, large 1′ 5″ 2‴.

255. Du même.

Ascension du Christ. — Esquisse (Luc. chag. 24. V. 51). Sur toile, haut 2′ 10″, large 2′ 2″.
Gravé à l'eau-forte par *C. E. Hess.*

256. Du même.

Nativité de Jésus. La Ste. Vierge assise à côté de l'enfant, est éclairée par une lampe, que St. Joseph tient dans la main droit. Esquisse sur toile, haut 2′ 10″, large 2′ 2″.

257. **Rembrandt** ***van Ryn*** (Paul).

Déscente de croix. La Ste. Vierge est évanouie dans les bras de Ste. Madelaine, entourée de deux disciples. Peint vers 1633. — Sur bois, haut 2′ 10″, large 2′ 2″.

Cette merveilleuse composition est connu par une eau-fort de l'artiste. *Bartsch* Nr. 81.

258. Du même.

Elévation de la croix par des soldats. — Sur toile, haut 2′ 10″, large 2′ 2″.

Gravé à l'eau-forte par *C. E. Hess.*

259. Du même.

Resurrection du Christ effet de nuit, éclairé par un rayon du lumière. Esquisse. — Sur toile, haut 2′ 10, large 2′ 2″.

260. Du même.

Deux hommes posent le corps mort du Christ dans la tombe; au pied du tombeau la Ste. Vierge avec les deux Marie; au fond deux apôtres. Esquisse sur toile, haut 2′ 10″, large 2′ 2″.

Gravé à l'eau-forte par *C. E. Hess.*

261. **Dow,** oussi *Douw* (Gérard), né 1613, † 1680. Elève de *Pierre Kouwhorn,* puis de *Paul Rembrandt.*

Une vieille femme regarde par une fenêtre ouverte. Demi-fig. — Sur bois, haut 11″, large 8″ 6‴.

262. **Brouwer** (Adrien).

Des paysans qui se battent; un troisième cherche à les apaiser. Fig. ent. — Sur bois, haut 11″ 5‴, large 9″ 6‴.

263. **Steen** (Jean).

Un médecin tâte le pouls à une femme malade. — Sur toile, haut 1′ 11″ 6‴, large 1′ 7″.

264. **Rembrandt** *van Ryn* (Paul).

Buste d'un jeune homme avec un bonnet rouge. — Sur toile, haut 1′ 11″ 6‴, large 1′ 5″ 6‴.

265. **Dow** aussi *Douw* (Gérard).

Portrait d'un vieux peintre devant son chevalet; il passe pour le portrait de *Julian Ovens*. — Sur bois, haut 2′ 1″ 6‴, large 1′ 8″.

266. Du même.

Une vieille femme sous une voût expose en vente des légumes; un mandiant lui demande l'aumône. — Sur bois, haut 1′ 5″ 3‴, large 1′ 9″ 11‴.

267. **Rembrandt** *van Ryn* (Paul).

Abraham répudie Agar qui s'éloigne avec son fils Ismael. — Sur bois, haut 1′ 3″ 6‴, large 1′ 8″.

268. **Rembrandt** *van Ryn* (Paul).

Paysage. Des cabanes de pêcheurs au bord d'une rivière. — Sur bois, haut 9″ 6‴, large 1′ 3″ 6‴.

269. **Slingelandt** (Pierre van), né 1640, † 1691. Elève de *Gérard Dow.*

Une boutique de tailleur; le maître et ses ouvriers sont à travailler. — Sur bois, haut 1′ 8″ 6‴, large 1′ 4″ 6‴.

270. **Ruysch,** ou *Pool* (Rachel), né 1664, † 1750. Ecolière de *Guillaume van Aelst.*

Un bouquet de fleurs dans un bocal. — Sur toile, haut 2′ 4″ 9‴, large 1′ 11″ 6‴.

271. **Dow,** aussi *Douw* (Gérard).

Une pâtissière sous une voûte éclairée par une chandelle. Une servante, qui vient de poser sa lanterne par terre, veut faire des emplettes. — Sur bois, haut 1′ 10″ 6‴, large 1′ 5″ 6‴.

272. Du même.

Le portrait de l'artiste sous un portique ouvert. Fig. jusqu'aux genoux. — Sur bois, haut 1′ 8″, large 1′ 3″.

273. **Brouwer** (Adrien).

Des joueurs aux cartes qui se battent dans un cabaret. — Sur bois, haut 1′ 4‴, large 1′ 6″ 5‴.

274. **Mieris** (François van), *l'aîné*, né 1635, † 1681. Elève d'*Abraham Toornvliet*, de *van den Tempel* et de *Gérard Dow*.

Un guerrier en armure s'appuie sur une table. Demi-fig. — Sur bois, haut 5″ 4‴, large 4″ 1‴.

275. **Mieris** (Guillaume), né 1662, † 1747. Elève de *François Mieris*.

Un garçon bat le tambour pendant qu'un autre joue du fifre. — Sur cuivre, haut 6″, large 5″ 3‴.

276. **Mieris** (François van), *l'aîné*.

Une dame joue avec un petit chien. — Sur bois, haut 5″ 6‴, large 4″.

277. **Dow,** aussi *Douw* (Gérard).

Une dame en habit de satin jaune assise devant sa toilette, est frisée par sa femme de chambre. — Sur bois, haut 2′ 4″, large 1′ 10‴.

278. **Fries** (Jean Conrad), né 1617, † 1693. Elève de *Samuel Hoffmann*.

Portrait d'une dame en habits noirs. — Sur toile, haut 2′, large 1′ 7″ 6‴.

279. **Ekhout** (Gerbrand van der).

Jésus parmi les docteurs dans le temple de Jérusalem. Sur toile, haut 2′ 1″, large 2′ 7″.

280. **Dow,** aussi *Douw* (Gérard).

Une vieille femme assise dans une chambre nétoye la téte d'un garçon. — Sur bois, haut 1′ 2″, large 11″ 6‴.

281. **Du même.**

Un ermite à genoux dans une grotte, prie les mains jointes devant un crucifix. — Sur toile, haul 1′ 5‴, large 1′ 1″.

282. **Ostade** (Adrien van).

Des paysans qui se battent dans un cabaret; les femmes viennent au secours des leurs maris. — Sur bois, haut 1′ 4″ 8‴, large 1′ 2″.

283. **Dow**, aussi *Douw* (Gérard).

Un ermite en prière devant un crucifix qu'il tient dans ses mains. — Sur bois, haut 1′ 1″, large 11″.

284. **Du même.**

Un charlatan sur un tréteau offre ses remèdes aux curieux. L'artiste la palette à la main, regarde par la fenêtre les spectateurs parmi lesquels se trouvent ses parens. — Sur bois, haut 3′ 6″, large 2′ 7″.

Ce célèbre tableau est gravé par *C. E. Hess.*

285. **Slingelandt** (Pierre van).

Une femme occupée à coudre est assise vis-à-vis de la fenêtre qui est ouverte. Son enfant dans le berceau qui vient de s'éveiller la regarde. — Sur bois, haut 1′ 5″, large 1′ 2″ 6‴.

286. **Ostade** (Adrien van).

Une sociétée de paysans s'amuse à danser dans un cabaret. — Sur bois, haut 1′ 4″ 7‴, large 1′ 2″ 3‴.

287. **Mieris** (François van), *l'aîné.*

Une dame en habit de satin jaune tombe en faiblesse en présence du medecin; deux servantes et une femme se voient dans le fond.

Ce tableau est connu sous le titre: „La femme malade.“ — Sur bois, haut 1′ 4″, large 1′ 1″ 8‴.

288. **Dow**, aussi *Douw* (Gérard).

Repas d'une fileuse. — Sur bois, haut 10″ 3‴, large 10″ 6‴.

289. **Du même.**

Vieille femme pelant des pommes, à côté d'elle des harengs dans un plat. Demi-fig. — Sur bois, haut 11′ 6‴, large 9″.

290. **Rembrandt** ***van Ryn*** (Paul).

Jésus enseigne dans la temple à Jérusalem. Petites fig. Sur bois, haut 2′ 7″ 6‴, large 2′ 2″ 6‴.

291. **Balen** (Henri van).

St. Jerôme en méditation. Buste. — Sur toile, haut 1′ 11″ 6‴, large 2′ 2″ 6‴.

Douzième Cabinet.

---

292. Rubens (Pierre Paul).

Deux Satyres. L'un a des grapes de raisins à la main, l'autre en boit le jus, dans une coquille. Demi-figures. — Sur bois, haut 2′ 5″, large 2′.

293. Du même.

Des soldats prennent querelle avec des campagnards et en viennent aux mains. — Sur bois, haut 1′ 10″, large 2′ 10″.

294. Du même.

Education allégorique de la reine de France, Marie de Médicis. Apollon, Minerve et Mercure l'instruisent dans les beaux arts; les grâces lui présentent une courônne. Esquisse sur bois, haut 1′ 8″ 3‴, large 2′ 10″ 3‴.

295. **Rubens** (Pierre Paul).

L'hymen et l'amour présentent le portrait de Marie de Médicis à Henri IV., roi de France; qui délibère sur son mariage avec le génie de la France. — Esquisse sur bois, haut 2′, large 1′ 6″ 6″.

296. Du même.

Arrivée, déparquement et réception solemnelle de la nouvelle reine de France au port de Marseille. — Esquisse sur bois, haut 2′ 1″, large 1′ 7″ 4‴.

297. Du même.

Le jugement dernier. Le Christ assis sur des nues entouré de saints, apparait en juge. Le son des tompettes à réveillé les morts, dont les élus sont à la droite, et les réprouvés à la gauche, que St. Michel précipite dans l'enfer. Cette riche composition est comme sous le nom: „le petit jugement dernier.“. — Esquisse sur bois, haut 5′ 9″ 6‴, large 3′ 9″ 6‴.

298. Du même.

Buste d'une servante. — Esquisse sur bois, haut 1′ 6″, large 1′ 4″.

299. **Rubens** (Pierre Paul).

Henri IV., roi de France est reçu dans l'olympe d'où son assasin s'enfuit. La reine en deuil est assise sur un trône à la droite, ou elle reçoit les hommages des états du royaume; un génie lui présente le gouvernail de l'état. — Esquisse sur bois, haut 1′ 8″, large 2′ 10″.

300. Du même.

Naissançe de Marie de Médicis. Lucine remet la nouvelle née dans le mains de la ville de Florence, le 26. Avril 1573. — Esquisse sur bois, haut 2′, large 1′ 6″ 6‴.

301. Du même.

Mariage de Marie de Médicis avec le roi de France dans l'église Sta. Maria del fiore, accompli par procuration par le grand-duc Ferdinand; le cardinal Aldobrandin leur donne la bénédiction nuptiale. Dans la suite se trouvent, le duc de Bellegarde, l'archiduchesse Jeanne d'Autriche, la duchesse de Mantoue et le marquis de Sillery. — Esquisse sur bois, haut 2′, large 1′ 6″ 6‴.

302. Du même.

Représentation allégorique de l'état florissant de la France sous la régence de la reine Marie de Médicis. La génie des arts et des sciences combat l'envie, la médisance et l'ignorance. — Esquisse sur bois, haut 2′, large 1′ 6″ 8‴.

303. **Rubens** (Pierre Paul).

Fiançailles de la princesse Anne d'Autriche avec Louis XIII., puis d'Isabelle de Bourbon avec Philippe IV., roi d'Espagne. L'echange se fait sur le pont d'Andaye. — Esquisse sur bois, haut 2′ 3″ 7‴, large 1′ 6″.

304. Du même.

Couronnement de la reine de France, en présence du Dauphin et de ses jeunes soeurs le 13. Mai 1610 à l'église St. Denis. Le cardinal de Joyeuse fait la cérémonie; comme témoins assistent les cardinaux de Gondy et de Sourdis. Le duc de Vandatour porte le sceptre. — Esquisse sur bois, haut 1′ 8″, large 2′ 10″ 3‴.

305. Du même.

Buste d'une vieille femme, qu'on croit être la mère de Rubens. Esquisse sur bois, haut 1′ 6″ 6‴, large 1′.

306. Du même.

Adoration des bergers. Petites figures. Esquisse sur bois, haut 1′ 8‴, large 9″ 3‴.

307. Du même.

Buste d'un jeune homme à chapeau rond. — Sur bois, haut 1′ 4″ 2‴, large 1′ 1″.

308. **Rubens** (Pierre Paul).

Job couché sur de la paille est tourmenté par sa femme et le démon. — Sur bois, haut 1′ 1″ 4‴, large 9″ 6‴.

309. Du même.

Défaite de Sénnachéribe par l'ange du Seigneur, qui apparait rayonnant de lumière à travers de sombres nuages et foudroye l'armée déja mise en fuite. — Sur toile, haut 3′, large 3′ 10″.

310. Du même.

La reine de France Marie de Médicis est reléguée au château de Blois. — Sur bois, haut 2′ 1″, large 1′ 7″ 4‴.

311. Du même.

Henri IV. roi de France allant au secours du Margrave de Brandenbourg et du Duc de Neubourg, remet à la reine le gouvernement avant son départ pour l'Allemagne. — Esquisse sur bois, haut 2′ 3″ 6‴, large 1′ 6″ 6‴.

312. Du même.

L'Olympe célèbre le gouvernement florissant de la reine Marie de Médicis. Jupiter et Junon conduits par l'amour abandonnet le globe à deux colombes, pendant qu'Apollon, Minerve et Mars combattent la haine, l'envie et la discorde. — Esquisse sur bois, haut 1′ 8″, large 2′ 10″.

313. **Rubens (Pierre Paul).**

St. Georges à cheval tue le dragon. — Esquisse achevée sur papier, haut 2′, large 1′ 6″ 6‴.

314. Du même.

Naisance de Louis XIII. à Fontainebleau, le 27. Septembre 1601. Le prince nouveau né est confié au Dieu de la santé. — Esquisse sur bois, haut 2′, large 1′ 6″ 6‴.

315. Du même.

La reine Marie de Médicis s'enfuit du chateau de Bloi, accompagnée du duc d'Epernon. — Esquisse sur bois, haut 2′, large 1′ 6″ 6‴.

316. Du même.

Bataille des Amazones. Victoire de Thésée sur Thalestris, reine des Amazones, sur le pont de la rivière Thermodon. — Sur bois, haut 3′ 8″, large 4′ 11″ *).

317. Du même.

Conversion de St. Paul. Le Christ apparait à Paul, dans toute la splenteur célèste, dont ce guerrier et sa

*) Ce tableau compte dans les plus beaux ouvrages de l'artiste.

suite sont éffraiés et en partie renversés par terre. Petites fig. — Sur toile, haut 2′ 11″, large 3′ 9″.

318. **Rubens** (Pierre Paul).

Les pestiféres invoquent St. François de Paul, qui plane dans les airs. — Sur bois, haut 2′, large 1′ 6″.

319. Du même.

Voyage à cheval de Marie de Médicis au pont de Cé en Anjou, pour y reprimer la guerre civile. Dans l'air planent trois figures allegoriques qui l'accompagnent; la renommée, la force et la victoire. — Esquisse sur bois, haut 2′, large 1′ 6″ 6‴.

320. Du même.

La reine Marie de Médicis remet à son fils Louis XIII. le gouvernement, représenté allégoriquement par un vaisseau, qui est dirigé par le roi, et mis en mouvement par la religion, la force, la foi et la justice. — Esquisse sur bois, haut 2′, large 1′ 6″ 6‴.

321. Du même.

Réconciliation de la reine Marie de Médicis avec son fils. Mercure conduit la reine mère au temple de la paix. — Esquisse sur bois, haut 2′, large 1′ 6″ 6‴.

322. **Rubens** (Pierre Paul).

Portrait en buste de Henri IV., roi de France. — Esquisse sur bois, haut 2′ 9″, large 1′ 4″.

323. **Du même.**

St. Christophe Fraverse une rivière, portant l'enfant Jésus sur ses épaules. — Esquisse sur bois, haut 2′ 5″, large 2′.

324. **Du même.**

Paysage avec des vaches. Une eau vive coule au travers de la forêt; une servante trait une wache, pendant que d'autres femmes netoyent des baquets à lait. — Sur bois, haut 2′ 6″, large 3′ 3″ 6‴.

325. **Du même.**

Résurrection des bienheureux. Le juge du monde assis sur un arc-en-ciel, ou les anges élèvent les justes; dans le fond des anges séparent les réprouvés des élus. — Esquisse peinte d'une dèlicatesse admirable. — Sur bois, haut 3′ 9″, large 2′ 11″.

326. **Du même.**

La paix conclue entre Marie de Médicis et son fils est ratifiée dans le ciel. Le Démon de la discorde est renversé par terre. — Esquisse sur bois, haut 2′, large 1′ 6″ 6‴.

327. **Rubens** (Pierre Paul).

Buste d'homme vêtu d'un fourrure. — Sur toile, haut 1′ 5″, large 1′ 8″ 9‴.

328. Du même.

Portrait d'Héléne Formann, seconde épouse de Rubens. Demi-fig. — Sur toile, haut 2′ 5″, large 1′ 11″.

329. Du même.

Un prêtre bénit Décius avant la bataille, dans laquelle il s'est voué à la mort pour accomplir une prophétie. Esquisse de beaucoup de figures. — Sur bois, haut 2′ 4″, large 2′ 9″.

330. Du même.

Intèrieur d'une forêt èpaisse éclairée par les rayons du soleil. — Sur bois, haut 8″ 11‴, large 11″ 2‴.

Treizième Cabinet.

---

331. **Millet,** ou *Mille* (Jean François), dit *Francisque.*

Une vendage. — Sur toile, haut 2′ 5″ 6‴, large 2′ 1″.

332. **Backer** (Jacques), né 1609, † 1651. Elève de *Gottfried Kneller.*

Buste d'homme en profil. — Sur bois, haut 2′ 2″, large 1′ 7″ 6‴.

333. **Mirevelt** (Michel Jean), né 1567, † 1641. Elève de *Guillaume Willemsz* et d'*Antoine Blokland.*

Buste d'homme avec un chapeau. — Sur bois, haut 1′9″, large 1′ 7″.

334. **Dyck** (Antoine van).

Le corps mort du Christ repose sur le genoux de la Ste. Vierge; à droite St. Jean, derrière lui une des Stes. femmes accablée de douleur, tourne ses regards vers le ciel. — Esquisse sur bois, haut 1′ 1″ 8‴, large 10″.

335. **Du même.**

Portrait de la reine Marie de Médicis. Esquisse en grisaille. — Sur bois, haut 9″, large 7″ 6‴.

336. **Du même.**

Portrait de l'Abbé César Alexandre Scaglio. Esquisse en grisaille. — Sur bois, haut 9″, large 7″ 6‴.

337. **Du même.**

Portrait du Comte Jean de Nassau. Esquisse en grisaille. — Sur bois, haut 9″, large 7″ 6‴.

338. **Du même.**

Portrait de Gustave Adolphe roi de Suède. Esquisse en grisaille. — Sur bois, haut 9″, large 7″ 6″.

339. **Ducq** aussi *Duc* (Jean le), né 1636. Elève de *Paul Potter*.

Un corps de garde. Une femme ajuste un éperon à la botte d'un espagnol. — Sur bois, haut 1′ 10‴, large 1′ 4″ 8‴.

340. **Dyck** (Antoine van).

Le corps mort du Christ repose à terre appuyé contre les genoux de sa Ste. mère accablée de douleurs elle est entourée d'anges éplorés. Esquisse en grisaille, sur cuivre, haut 11″ 9‴, large 1′ 1″.

341. **Verendael** (Nicolas), né 1659.

Un bouquet de fleurs dans un vase sur une table, sur laquelle se trouve un crucifix, une tête de mort et plusieurs fruits. — Sur toile, haut 3′ 2″ 6‴, large 2′ 7″ 6‴.

342. **Dyck** (Antoine van).

Portrait du peintre Palamedes. Demi-fig. Grisaille sur bois, haut 9″, large 7″ 6‴.

343. Du même.

Portrait en buste de Pierre Snayers; il regarde vers le haut. — Sur bois, haut 10″ 9‴, large 8″.

344. Du même.

Portrait du peintre Lucas van Uden avec un déssin à la main. — Demi-fig. en grisaille sur bois, haut 9″, large 7″ 6‴.

345. Du même.

Portrait de la princesse Margueritte de Lorraine. — Demi-fig. en grisaille sur bois, haut 9″, large 7″ 6‴.

346. **Dyck** (Antoine van).

Portrait du prince François Thomas de Carignan avec le bâton de commandeur à la main. — Demi-fig. en grisaille, sur bois, haut 9″, large 7″ 6‴.

347. Du même.

Portrait du général Tilly, au fond l'incendie de la ville de Magdebourg. — Demi-fig. en grisaille sur bois, haut 9″, large 7″ 6‴.

348. Du même.

Portrait du duc Albert de Friedland, comte de Wallenstein. — Demi-fig. en grisaille sur bois, haut 9″, large 7″ 6‴.

349. **Ducq**, ou *Duc* (Jean le).

Des soldats s'amusent à jouer aux cartes. Petites fig. — Sur bois, haut 1′ 10″, large 1′ 4″ 6‴.

350. **Backer** (Jacques).

Buste d'un jeune dame en profil. Pendant du Nr. 332. — Sur bois, haut 2′ 2″, large 1′ 7″ 6‴.

351. **Dyck** (Antoine van).

Buste d'un enfant. Esquisse en grand. nat. — Sur bois, haut 1′ 5″, large 1′ 2″.

352. **Dyck** (Antoine van).

Portrait en pied du duc Wolgang Guillaume de Neubourg en costume espagnol, son gros chien à côté de lui. Esquisse du Portrait Nr. 345 en grisaille sur papier et tendu sur bois, haut 1′ 4″, large 11″ 6‴.

353. **Mieris** (François van), *l'ainé.*

Buste de l'artiste enveloppé dans son manteau, a tête recouverte d'un bonnet rouge orné d'une plume d'autruche. — Sur bois, haut 4″ 2‴, large 3″ 1‴.

354. **Wynants** (Jean).

Paysage avec un groupe d'arbres à côté d'une colline de sable. Le chemin, qui conduit dans le lointain est animé de voyageurs. — Sur bois, haut 6″ 9‴, large 8″ 5‴.

355. **Mieris** (François van), *l'ainé.*

Buste d'une dame en voile noir. — Sur bois, haut 4″ 2‴, large 3″ 2″.

356. **Lairesse** (Gérard de), né 1640, † 1711. Elève de son père.

Allégorie. Un jeune homme se vouant à l'étude des beaux arts est conduit par une prêtresse à la porte du temple de l'immortalité dont l'entrée est gardée par Minerve. Petites fig. — Sur bois, haut 2′ 2″, large 1′ 8″ 6‴.

357. **Aelst** (Guillaume van), né 1620, † 1679. Elève d'*Ebert van Aelst.*

Des perdrix mortes et plusieurs instrumens de chasse sur une table. — Sur toile, haut 3′ 6″ 6‴, large 2′ 4″ 6‴.

358. **Bega** (Corneille), né 1620, † 1644. Elève *d'Adrien Ostade.*

Des paysans hollandais s'amusent dans un cabaret. — Sur toile, haut 1′ 4″ 4‴, large 1′ 2″ 3‴.

359. **Dow,** aussi *Douw* (Gérard).

Une servante vuide un pot d'eau par la fenêtre: dans le fond une femme donne du pain à un garçon. — Sur bois, haut 1′ 2″ 6‴, large 1′ 10″ 6‴.

360. **Voys** (Ary, c'est-à-dire Henri de), né 1641, † 1698. Elève de *Nicolas Knupfer* et *d'Abraham van den Tempel.*

Un buveur avec un bocal à la main. Fig. jusqu'aux genoux. — Sur bois, haut 9″ 9‴, large 8″ 13‴.

361. **Wouwermanns** (Philippe).

Un voyageur s'arrête près d'un petit pont sur une chûte d'eau. — Sur bois, haut 9″ 9‴, large 8″.

362. **Pynacker** (Adam).

Paysage au couchant du soleil, après une chaude journée. — Sur bois, haut 1′ 6″ 4‴, large 2′ 1″.

363. **Dyck** (Antoine van).

Des ténèbres noires entourent le Christ qui vient d'expirer à la croix; les soldats prennent la fuite. — Sur toile, haut 3′ 6″ 6‴, large 2′ 4″ 8‴.

364. **Neer** (Eglon Hendrik van der), né 1643, † 1703. Elève de son père *Arthur van der Neer*, puis de *Jacques Vanloo.*

Une dame habilée en robe de satin blanc, accorde son Luth. Fig. jusqu'aux genoux. — Sur bois, haut 1′ 3″ 9‴, large 1′ 4″ 7‴.

365. **Metzu,** aussi *Mezu* (Gabriel), né 1615, † 1658. Imitateur de *Gérard Dow*, de *Terbourg* et de *Jean Steen.*

Une cuisinière avec une poule à la broche; à côté un lièvre suspendu. Demi-fig. Sur bois, haut 1′, large 9″ 4‴.

366. **Ostade** (Adrien van).

Un buveur. Demi-figure. — Sur bois, haut 9″ 3‴, large 7″.

367. **Vliet** (Henri van), né 1608, † 1659. Elève de *Guillaume van Vliet.*

Intérieur d'une église dans le style gothique. — Sur bois, haut 1′ 6″, large 9″ 6‴.

368. **Brill** (Paul).

Paysage avec vue sur la mer. — Sur cuivre, haut 4″ 7‴, large 9″.

369. **Netscher** (Gaspard).

Effet de nuit. Un garçon joue du fifre. Demi-fig. — Sur cuivre, haut 5″ 10‴, large 4″ 11‴.

370. **Vytenwaol**, ou *Wte-Wael* (Joachim), né 1566, † 1604. Elève de *Jean de Beer.*

Noces de Pelée et Thetis; Eris y jette pour la plus belle la pomme d'or. — Sur cuivre, haut 6″, large 8″.

371. **Lairesse** (Gérard de).

Allégorie. Le jeune peintre se prosterne au pied de l'autel de Minerve, où la prêtresse intercède pour lui auprès de la déesse. Pendant du Nr. 356. — Sur bois, haut 2′ 2″, large 1′ 8″ 6‴.

372. **Crayor** (Gaspard).

Esquisse en grisaille pour le grand tableau, représentant l'adoration de la Vierge, qui se trouve dans la cinquième Salle Nr. 314. — Sur toile, haut 2′ 3″ 6‴, large 1′ 7″ 6‴.

373. **Moucheron** (Frédéric), né 1633, † 1686. Elève de *Jean van Asselyn.*

Paysage. De hauts arbres se reflêchissent dans l'eau. Les figures et les animaux sont peints par *Nikolas Berghem.* — Sur toile, haut 1′ 10″ 6‴, large 1′ 6″.

374. **Kabel** (Adrien van der), né 1621, † 1695. Elève de *Jean van Goyen.*

Une contrée unie avec une maison sur le devant. — Sur bois, haut 1′ 5″, large 1′ 8″ 7‴.

375. **Wynants** (Jean).

Paysage avec vue dans le lointain. Le chemin conduit devant des chaumières ombragées par des arbres près d'une coline de sable; les chasseurs qui s'arrêtent sur le devant sont *d'Adrien van der Velde.* — Sur toile, haut 1′ 2″, large 1′ 3″ 6‴.

376. **Léeuw** (Pierre van der), Elève de son père *Sebastien Léeuw* et imitateur *d'Adrien van der Velde.*

Paysage avec une vache mouchetée, derriere laquelle se trouve une servante avec des baquets. — Sur bois, haut 9″ 8‴, large 11″ 6‴.

377. **Berghem** (Nicolas).

Paysage avec des ruines, des animaux et deux femmes. — Sur bois, haut 11″, large 9″ 10‴.

378. **Both** (Jean).

Paysage avec de grands arbres entre lesquels on remarque de hautes montagnes. Le terrain marécageux est animé par une servante avec une vache, des brebis et des moutons. La figure et les animaux sont peints par *Charles du Jardin.* — Sur toile, haut 1' 5" 10"', large 1' 1" 9"'.

379. **Weenix** (Jean Baptiste), né 1621, † 1660. Elève *d'Abraham Bloemaert* et de *Nicolas Moyaert.*

Une jeune fille endormie près d'une ancienne maison avec un chien à côté d'elle. — Sur bois, haut 1' 4" 6"', large 1' 1".

380. **Diepenbeck** (Abraham van).

Distribution de pain aux pauvres, à laquelle le Christ et la Vierge assistent en apparaissant dans les nues. — Sur toile, haut 3' 4" 6"', large 2' 7" 6"'.

381. **Uden** (Lucas van), né 1595, † après 1662. Elève de son père sous la direction de *P. P. Rubens.*

Paysage. Un paysan sur le devant mène ses chevaux à l'abreuvoir. — Sur bois, haut 1' 7" 2"', large 2' 5" 6"'. (℘).

382. **Léeuw** (Pierre van der).

Un vache s'abreuve dans un ruisseau; plus en avant une servante à côté de trois moutons en repos. — Signé: P. v. Leeuw 1671. — Sur bois, haut 9" 8"', large 11" 6"'.

383. **Werff** (Adrien van der).

Scene de nuit. Une vieille femme, la chandelle à la main, écoute une sérénade, que quelques garçons exécutent devant sa fenêtre. — Sur bois, haut 1′ 2″ 6‴, large 10″ 2‴.

384. **Wynants** (Jean).

Un chien assis auprès d'un tronc de chêne sec. — Sur bois, haut 1′ 6″ 3‴, large 1′ 2″ 8‴.

385. **Weenix** (Jean Baptiste).

Un chasseur retournant de la chasse, suivi de son chieu, porte dans une corbeille plusieurs oiseaux tués et un lièvre à la main. — Sur bois, haut 1′ 4″ 6‴, large 1′ 1″.

386. **Hakkert** (Jean), né 1635, analogue avec *Jean Both* et *Frédéric Moucheron.*

Le Statthouter d'Hollande arrive à un parc ou va avoir lieu une chasse; les chasseurs l'attendent avec leur meute. — Sur toile, haut 2′ 2″, large 1′ 10″ 2‴.

387. **Both** (Jean).

Paysage montagneux d'une vue étendu. Un berger portant une femme traverse la rivière, pendant qu'un autre fait cotoyer son troupeau le long des rochers. Sur bois, haut 1′ 6″ 5‴, large 1′ 5″.

388. **Vadder** (Louis de), né 1560, † 1623. **La nature à été son maître.**

Paysage avec vue étendue. Trois hommes à cheval, passent à la hâte auprés d'une colline sabloneuse couverte d'arbres et se dirigent vers un village. — Sur bois, haut 1′ 2″, large 1′ 9″.

389. **Dekker** (Cornelius), né 1637, † 1680. **Imitateur** de *Ruysdael.*

Une cabane ombragée par des arbres touffus, devant laquelle sont quelques paysans en differentes occupations. — Sur toile, haut 1′ 9″, large 2′ 2″ 6‴.

Quatorzième Cabinet.

390. **Vlieger** (Simon de), né 1612, † 1670. Il travailla dans le goût de *van Goyen.*

La mer du nord mise en mouvement par une tempête, à travers les ondes vogue une nacelle de pêcheur vers la côte. — Sur bois, haut 1′ 9″, large 3′ 3″ 3‴.

391. **Gabron** (Guillaume), né 1625, † 1679.

Des vases à boire en argent, en étain, en verre et en terre cuite, ainsi qu'une assiette avec un jambon entamé sur une table. — Sur bois, haut 1′ 8″, large 2′ 8″.

392. **Wouwermanns** (Philippe).

Sur le chemin, près d'un rivage des voyageurs à cheval; un filet jeté par les pêcheurs est retiré au bord par un cheval. — Sur bois, haut 11″ 6‴, large 1′ 1″ 8‴.

393. **Wouwermanns** (Philippe).

Un cavalier descendu de cheval s'entretient avec une servante, qui trait une chêvre. — Sur bois, haut 1′ 2″, large 1′ 6″ 6‴.

394. **Dow,** aussi *Douw* (Gérard).

Une vielle femme dans une chambre éclairée par une lampe, partage son souper avec deux enfans. — Sur bois, haut 10″ 5‴, large 8″ 1‴.

395. **Ostade** (Adrien van).

Quelques fumeurs avec leurs femmes dans une chambre rustique. — Sur bois, haut 11″, large 1′ 1″.

396. **Mieris** (François van), *l'aîné.*

L'artiste et dans le fond d'une hôtellerie à causer avec l'hôtesse. — Sur bois, haut 10″ 2‴, large 6″ 7‴.

397. **Wouwermanns** (Philippe).

Quelques cavaliers montent sur des chevaux sellés, tandis qu'un autre et une dame s'arrêtent devant l'hôtelleric. — Sur bois haut 11″ 6‴, large 1′ 1″ 8‴.

398. **Wouwermanns** (Philippe).

Des charretiers s'arrêtent avec deux voitures chargées et attelées des chevaux sur le rivage. — Sur bois, haut 10″ 9‴. large 1′ 1″ 8‴.

399. **Ryckaert** (David), né 1615, † 1677. Elève de son père, puis imitateur *d'Adrien Brouwer*, de *David Teniers* et *d'Adrien Ostade.*

Une société de paysans celèbre la fête du roi de la fève. Petites fig. — Sur toile, haut 2′ 5″, large 3′ 5″ 6‴.

400. **Schalken** (Godefroi).

Les vierges sages et les vierges folles en deux groupes s'avancent vers la maison du Seigneur. Les premières avec leurs lampes lumineuses en avant. pendant que les autres séforcent envain d'empêcher leurs lampes de s'éteindre. Signé: G. Schalken 1700. — Sur toile, haut 2′ 11″, large 3′ 6″.

401. **Dow,** aussi *Douw* (Gérard).

Une servante une chandelle allumée dans une main et une lanterne dans l'autre, regarde par la fenêtre. Demi-fig. Signé: Dow 1658. — Sur bois, haut 11″, large 7″ 9‴.

402. **Ostade** (Adrien van).

Une compagnie joyeuse de paysans dans une chambre rustique. — Sur bois, haut 11″, large 1′ 1″.

403. **Wouwermanns** (Philippe).

Une écurie. Des cavaliers s'apprêtent à monter à cheval. — Sur cuivre, haut 11″, large 1′ 1″ 6‴.

404. Du même.

Un charretier fait boire ses chevaux dans une ruisseau; une femme avec son enfant est assise sur la voiture dételée. — Sur bois, haut 10″ 9‴, large 1′ 1″ 3‴.

405. Du même.

Choc de cavalerie dans un champ de blé. — Sur bois, haut 1′ 11″ 6‴, large 2′ 7″ 4‴.

406. Du même.

Des chevaux conduits à l'abreuvoir; des enfans qui se baignent et des femmes lavant du linge. — Sur bois, haut 1′, large 1′ 1″ 7‴.

407. Du même.

Un manège au grand air près d'une écurie. — Sur bois, haut 1′ 2″, large 1′ 1″ 6‴.

408. **Ruysdael** (Jacques).

Une chûte d'eau sur le devant d'une forêt. Signé: J. R. — Sur bois, haut 10″ 3‴, large 8″.

409. **Ruysch,** aussi *Pool* (Rachel).

Des fruits auprès d'un tronc d'arbre; un lézard s'approche furtivement, pour susser un oeuf cassé qui est tombé à terre d'un nid. — Sur toile, haut 2′ 10″ large 2′ 2″.

410. **Helst** (Barthélemy van der).

Portrait d'Adrien de Montesquiou-Montluc, comte de Carmain, prince de Chabanais, petit-fils du maréchal Montluc*). — Sur bois, haut 2′ 6″, large 1′ 9″.

411. **Teniers** (David), *le jeune.*

Un paysan, auquel sa femme allume la pipe. — Sur bois, haut 1′ 1″ 4‴, large 1′ 7″ 6‴.

412. **Kuyp,** aussi *Cuyp,* (Albert), né 1606, † 1667. Elève de son père *Jacques Geritz Kuyp.*

Un cavalier tient un cheval blanc par la bride. — Sur bois, haut 11″, large 1′ 2″.

413. **Ostade** (Adrien van).

Des paysans s'amusent à boire et à fumer. — Sur bois, haut 1′, large 10″. (P)

---

*) Certifié par le etc. Anatole de Montesquiou de la même famille.

414. **Mieris** (François van), *l'aîné.*

Un guerrier est endormi à côté de son hôte, qui fait entendre à sa femme de ne pas troubler le dormeur. — Sur bois, haut 1′ 4″, large 1′.

415. Du même.

Une dame vêtu en satin, assise à une table joue du lut. — Sur bois, haut 8″, large 6″ 7‴.

416. **Schalken** (Godefroi).

La Ste. Vierge avec l'enfant Jésus; à côté d'elle un ange. — Sur bois, haut 9″ 8‴, large 7″ 9‴.

417. **Mieris** (François), *l'aîné.*

Une jeune dame donne une amande à son péroquet — Sur bois, haut 8″, large 6″ 9‴.

418. **Kseery** (Théodore), vivait entre 1595 et 1660.

Une vieille femme assise dans un fauteuil, vis-à-vis d'elln un homme debout, qui parait lui rendre compte Marqué 1650. — Sur cuivre, haut 1′ 11″, large 2′ 4″.

419. **Wouwermanns** (Philippe).

Des bohémiens se reposant dans une cabane, ou il se trouve aussi une dame et un cavalier. — Sur bois, haut 2′, large 1′ 10″ 3‴.

420 **Hoem** (Jean David de).

Divers fruits sur une assiette d'argent et écueille de porcelaine. — Sur bois, haut 1′ 9″, large 1′ 6″ 10‴.

421. **Glauber** (Jean).

Paysage avec des monumens. La ville situé sur la cime d'une montagne est éclairée par le couchant du soleil. — Sur bois, haut 1′, large 1′ 3″ 6‴.

422. **Mieris** (François), *l'aîné.*

Intérieur d'une chambre rustique. Deux paysans sont assis à une table, dont l'un coupe du tabac, et l'autre boit. — Sur bois, haut 1′ 2″, large 11″.

423. Du même.

Une dame vêtu en satin vert devant un miroir, le dos tourné au spectateur. — Sur bois, haut 1′ 4″, large 1′ 2″ 6‴.

424. **Ruysch**, aussi *Pool* (Rachel).

Un choix de plus belles fleurs dans un verre sur une table de marbre. — Sur toile, haut 2′ 10″, large 2′ 2″.

425. **Mirevelt** (Michel Janson).

Buste d'homme à cheveux et barbe blancs, en habit noir. — Sur bois, haut 2′ 1″, large 1′ 9″ 5‴.

426. **Hugtenbourg** (Jean van), né 1646, † 1733. Elève de *Thomas Wyck* et de *François van der Meulen.* Imitateur de *Philippe Wouwermanns.*

D'une colline couverte d'arbres, derrière laquelle se voit une bataille, on remarque une grande plaine et une ville. — Sur toile, haut 2', large 2' 5''.

427. **Wouwermanns** (Philippe).

Paysage d'hiver. Sur un canal couvert de glace, une foule de personnes se divertissent à patiner et à aller en traînaux. — Sur bois, haut 1' 5'' 6''', large 1' 1 '' 6'''.

428. Du même.

La bataille de Nördlingen le 6. September 1634. Victoire de l'armée imperiale sur les Suédois. L'armée suédoise, dans une grande plaine, avance contre l'armée combinée des Allemands, qui descend d'une colline, Sur le devant s'est déjà engagée une vive attaque de cavalerie. Admirablement peint. — Sur toile, haut 1' 6'' 6''', large 2' 5''.

429. **Heem** (Corneille de).

Différens fruits sur une plaque de marbre. — Sur bois, haut 9'' 3''', large 1' 6''.

430. **Ostade** (Isaac van).

Paysage. Un âne chargé de meubles, attend sur la route, son conducteur qui est assis sur une élévation. — Sur bois, haut 1' 1'', large 11''.

431. **Berghem** (Nicolas).

Paysage italien avec des montagnes éclairées par un très ardent coucher du soleil. Sur le devant un pâtre accompagnant son troupeau qui passe la rivière. — Sur bois, haut 1′ 3″, large 1′ 8″.

432. **Schlichten** (Jean Philippe van), florissait 1720, Elève *d'Adrien van der Werff.*

St. André; au fond la représentation de son martyre. — Sur bois, haut 1′ 6″ 9‴, large 1′ 2″ 8‴.

433. **Lingelbach** (Jean), né 1625, † 1687. Imitateur de *Philippe Wouwermanns.*

La recolte dés foins. — Sur toile, haut 1′ 7″, large 1′ 5″.

434. **Romeyn** (Guillaume), florissait vers 1660. Elève de *Melchior Hondekoeter.*

Paysage. Un pâtre avec son troupeau en repos est couché sur le chemin. — Sur bois, haut 11″ 9‴, large 9″. (P).

435. **Berghem** (Nicolas).

Paysage avec une haute montagne d'un ton argenté. Un large fleuve, au bord la ruine d'une tour. Au de là une servante montée sur un mulet parle avec un pâtre à cheval dont le troupeau va passer à la nage le fleuve. — Sur toile, haut 1′ 9″, large 2′ 6″.

436. **Heem** (Corneille de).

Un citron entamé et d'autres fruits sur une assiette. — Sur bois, haut 9″ 3‴, large 1′ 6‴.

437. **Terbourg** (Gérard).

Un garçon assis dans une chambre netoye son chien. — Sur bois, haut 1′ 1″, large 10″ 2‴.

438. **Berghem** (Nicolas).

Paysage italien, formé par de hautes montagnes éclairées par le soleil; sur le chemin un cavalier auquel une femme demande l'aumône. — Sur bois, haut 1′ 3″ 1‴, large 1′ 8″.

439. **Schlichten** (Jean Philippe van).

Un musicien de village assis dans une chambre joue du violon. — Sur bois, haut 1′ 5″ 6‴, large 1′ 2″ 6‴.

440. **Hugtenbourg** (Jean van).

La bataille d'Höchstädt. Tallard, maréchal de France prissonier est emméné par un trompette. — Sur toile, haut 2′, large 2′ 6″.

441. **Wouwermanns** (Philippe).

Une compagnie joyeuse prend après la chasse des rafraichissemens auprès de la statue du Dieu Pan. — Sur bois, haut 1′ 5″ 6‴, large 1′ 11″ 6‴.

442. **Du même.**

Prise d'un village. Des soldats qui pillent et des paysans qui cherchent à sauver leurs bestiaux; sur le devant des paysans à genoux qui demandent pardon, et une femme avec son enfant pleurant sur le cadavre de son mari tué; à côté un soldat qui tient un prêtre par les oreilles. Dans le lointain quelques maisons en flammes. — Sur toile, haut 1′ 6″ 6‴, large 2′ 5″.

443. **Kuyp**, ou *Cùyp* (Albert).

Un coq domestique et une poule reposent sur de la paille dans une écurie. — Sur toile, haut 1′ 9″ 3‴, large 2′ 1″ 6‴.

Quinzième Cabinet.

444. **Hobbema** (Minderhout), né à Haarlem vers 1629, † 1670. Elève de *Salomon Ruysdael.*

Une cabane derrière un vieux chêne. Un chemin en longeant une colline sur laquelle se trouvent quelques cabanes, conduit dans une contrée unie. — Sur toile, haut 1' 7' 6''', large 2'.

445. **Asselyn** (Jean), dit *Crabettie*, né 1610, † 1660. Elève de *Jean Miel* et *d'Isaias van der Velde.*

Paysage italien. A droite sur un roc un château en ruines. La grande route est animée par des voyageurs à cheval et à pied. — Sur toile, haut 2' 1'' 6''', large 2' 10''.

446. **Ruysdael** (Jacques).

Paysage avec vue sur une église. Le chemin qui y conduit passe par dessus un torrent grossi par la pluie, qui forme une chûte d'eau sous un pont de bois. La colline est couverte de chênes. — Sur toile, haut 2′ 2″, large 2′ 9″ 3‴.

447. **Teniers** (David), *le jeune.*

Un paysan fumant à côté de sa femme; un autre dans le fond de la chambre. — Sur bois, haut 10″, large 8″ 4‴.

448. **Mieris** (François van).

Le déjeuner. L'artiste présente des huîtres à une dame assise à une table, qui tient un verre de vin à la main. — Sur bois, haut 10″, large 7″ 6‴.

449. **Poelembourg** (Corneille), né 1586, † 1660. Elève *d'Abraham Bloemaert* et *d'Adam Elzheimer.*

Des bergers adorent le Sauveur qui vient de naître, beaucoup d'anges planent autour. — Sur cuivre, haut 10″ 4‴, large 1′ 1″.

450. **Lys** (Jean van der), né 1600, † 1657. Elève de *Corneille Poelembourg.*

Le dieu Pan danse, entouré de nymphes, dans un paysage avec des ruines romaines. — Sur bois, haut 1′ 5″ 6‴, large 2′ 6″ 3‴.

451. **Velde** (Guillaume van der), né 1633, † 1707. Elève de *Simon de Vlieger.*

Une tempête. Des vaisseaux sont poussés d'une baie dans la mer par l'orage qui s'élève. — Sur toile, haut 2′ 6‴, large 2′ 9″ 3‴.

452. **Asselyn** (Jean), dit *Crabettie.*

Un pont de pierre en arches traverse à droite un fleuve navigable. On charge sur la rive en-deça des marchandises sur des vaisseaux. — Sur bois, haut 1′ 10″ 8‴, large 2′ 4‴.

453. **Ruysdael** (Jacques).

Un chemin escapé passe sur une colline de sable qui est couverte d'arbres. Sur la hauteur deux paysans; à côté d'eux descend une voiture. Au pied de la colline une source. — Sur bois, haut 2′ 1″ 7‴, large 2′ 10″.

454. **Kuyp** (Jacques Geriz), *l'ainé,* né 1578, † 1649. Elève *d'Abraham Bloemaert.*

Une ville au bord d'une large rivière. — Sur bois, haut 1′ 4″, large 2′ 6″.

455. **Ruysdael** (Jacques).

Entrée dans une épaisse forêt; un lièvre poursuivi par des chasseurs et des chiens s'y réfugie. — Sur toile, haut 1' 10''' 6'', large 2' 3'' 6'''.

456. **Zorg** (Henri), dit *Rocckes*, né 1621, † 1682. Elève de *David Teniers*, *le jeune*, et de *David Buytenweg*.

Une famille de paysan dans une chambre est occupée de son ménage. — Ovale. — Sur bois, haut 1' 3'', large 1' 8'' 5'''.

457. Du même.

Un cabaret. Un paysan joue du violon, et amuse par son chant les convives qui sont assis à une table. — Sur bois, haut 1' 6'' 3''', large 1' 9'' 6''.

458. **Ruysdael** (Jacques).

Un paysan se hâte de traverser une hauteur couverte de broussaille pour atteindre une cabane, qui est derrière. Un garçon chasse ses moutons en descendant vers l'eau. — Sur toile, haut 1' 9'', large 2' 1''.

459. **Zachtleeven**, ou *Sachtleeven* (Herman).

Des pécheurs sont occupés près d'un fleuve navigable, ou se voient plusieurs maisons entre des arbres. — Sur bois, haut 1' 2'' 6''', large 1' 11'' 6'''. (ρ).

460. **Velde** (Adrian van der).

Un berger assis près d'un puits avec son chien; une femme à cheval derrière unè vacche mouchetée, et du bétail couché à l'entour. — Sur toile, haut 1′ 3″ 1‴, large 1′ 4″.

461. **Velde** (Guillaume van der).

Marine. Une fregatte sur la mer calme; sur le devant plusieurs navires. — Sur toile, haut 1′ 7″ 6‴, large 1′ 10″.

462. **Everdingen** (Albert van).

Témpête. Sur le devant un vaisseau poussé contre des rochers par les vaques échoue sur falaise. — Sur bois, haut 2′, large 3′. (ρ).

463. **Neer** (Eglon Henritz van der).

Une jeune dame habillée en satin blanc, tombe en faiblesse, après une saignée. — Sur bois, haut 1′ 7″ 6‴, large 1′ 3″ 10‴.

464. **Huysum** (Jean van), né 1682, † 1719. Elève de son père *Juste*.

Un panier rempli de roses et d'autres fleurs sur une table. — Sur bois, haut 1′ 2″, large 1′.

465. **Brouwer** (Adrien).

Un chirurgien de village ôte un emplâtre du bras d'un paysan. — Sur bois, haut 8″ 10‴, large 7″ 7‴.

466. **Mieris** Francois van), *l'aîné.*

Un guerrier en cuirasse assis à une table. Fig. jusqu'aux genoux. — Sur bois, haut 7″ 6‴, large 6″.

467. **Voys** (Ary c. à. d. Henri de).

Un fumeur assis à une table tient une cruche à la main. Fig. jusqu'aux genoux. — Sur bois, haut 8″, large 6″ 6‴.

468. **Weenix** (Jean Baptiste).

Une jeune fille est endormie, son tambourin à son côté, près d'un édifice superbe à colonnes de vert antique; en arrière un jeune homme accordant son instrument. Sur toile, haut 2″ 8‴, large 1′ 8″ 7‴.

469. **Ruysdael** (Salomon), né 1617, † 1673. Elève de *Jean van Goyen.*

Paysage avec un large fleuve, des pâtres le traversent en bâteau avec leurs troupeaux. — Sur bois, haut 2′ 6″, large 2′ 11″.

470. **Terbourg** (Gérard).

Un messager préseute à une dame habillée un robe rouge avec fourrire une lettre quelle hésite d'accepter. — Sur bois, haut 1' 8" 6"', large 1' 5".

471. **Huysum** (Jean van).

Des abricots, des raisins et d'autres fruits ainsi que des fleurs sur une table de marbre. — Sur toile, haut 1' 2", large 1'.

472. **Velde** (Adrien van der).

Un pâtre descendant d'une hauteur, traverse la rivière avec son troupeau. — Sur toile, haut 1' 3", large 1' 4" 3"'.

473. **Neeff** (Pierre), né 1570, † 1651. Elève de *Henri Steenwyk.*

Intérieur d'une église, effet de nuit. Un prêtre accompagné de deux port-flambeaux, va avec le ciboire, porter la viatique à un malade. — Sur bois, haut 1' 2" 6"', large 1' 6" 4"'.

474. **Ruysdael** (Jacques.)

Une forêt de chênes sur le bord d'un marais, animé de canards sauvages; le ciel est couvert de nuages meuacents. — Sur toile, haut 1' 11", large 2' 11" 10"'.

475. **Ruysdael (Jacques).**

Deux torrents forment une chûte d'eau qui se précipite sur des pierres; au-dessus une cabane. Sur le plan du milieu un berger avec ses moutons. — Sur toile, haut 2′ 7″, large 1′ 9″.

Seizième Cabinet.

---

476. **Werff** (Adrien, Chevalier van der).

Représentation allégorique. Un génie a couronné les portraits en médaillons de l'Electeur Jean Guillaume et de son épouse Anne Louise, qui sont incrustés dans un obélisque. — Les muses, dont celle de la peinture tient le portrait de Van der Werff à la main, embellissent ce sujet. — Sur bois, haut 2′ 6″, large 1′ 9″ 9‴.

477. **Du même.**

Abraham repose sur un lit, à sa gauche est Sara qui lui présente Agar, sur les épaules de laquelle il pose la main. Signé: ADR. VAN DER WERFF fec. anno 1699. — Sur toile, haut 2′ 4″ 6‴, large 1′ 10″ 6‴.

478. **Werff** (Adrien, Chevalier van der).

Le portrait en pied de l'electeur du Palatinat Jean Guillaume en costume d'électeur. Signé: ADR. VAN DER WERFF fec. anno 1700. — Sur toile, haut 2' 4" 3''', large 1' 8".

479. Du même.

Ste. Madelaine couchée dans une grotte lisant dans un livre. A côté d'elle une tête de mort et le vase des parfums dont elle a embaumé les pieds du Seigneur. Marqué 1707. — Sur bois, haut 1' 2" 11''', large 1' 3".

480. Du même.

La Ste. Vierge est assis à terre avec l'enfant Jésus, auquel St. Joseph présente des cerises. — Sur bois, haut 1' 2" 5''', large 1' 5" 5'''.

481. Du même.

Pilate fait présenter le Seigneur les mains liés au peuple, qui, excité par ses juges, demande sa condamnation. Signé: 1698. — Sur toile, haut 4', large 3' 4" 6'''.

482. Du même.

Portrait en pied de l'épouse de l'électeur du Palatinat, Jean Guillaume, Marie Anne Louise, née princesse de Médicis, en costume d'électriçe un rameau d'oranger à la main. — Sur toile, haut 2' 4", large 1' 8".

483. **Werff** (Adrien, Chevalier van der).

Abraham renvoie Agar avec son fils Ismael, qui vivement touchée prénd congé du patriarche. — Sur bois, haut 2′ 4″ 6‴, large 1′ 4″.

484. Du même.

Annonciation à la Vierge. L'archange Gabriel, planant sur des nues, lui annonce son méssage mystérieux. Marqué 1706. — Sur bois, haut 2′ 6″, large 1′ 9″.

485. Du même.

Jésus au temple de Jerusalem, dispute avec les docteurs de la loi. Marqué 1708. — Sur bois, haut 2′ 6″, large 1′ 9″.

486. Du même.

Jésus Christ à la montagne des oliviers faiblement éclairée par la lune. Dans le lointain la ville de Jerusalem d'où arrive une troupe guidée par Judas. Le Sauveur à genoux sur une hauteur implore Dieu le père, un ange resplandissant d'une lueur céleste le soutient, pendant que les trois apôtres s'abandonnent au sommeil. Marqué 1711. — Sur bois, haut 2′ 6″, large 1′ 9″.

487. **Werff** (Adrien, chevalier van der).

La visitation. La Ste. Vierge et St. Joseph sont arrivés à la maison de Zacherie, où Ste. Elisabeth les reçoit sous un portique. — Sur bois, haut 2′ 6″, large 1′ 9″.

488. Du même.

La nativité. La Ste. Vierge montre aux bergers étonnés l'enfant nouveau-né; un peu en arrière St. Joseph. La lumière qui émane du St. enfant éclaire le groupe. — Marqué 1706. — Sur bois, haut 2′ 6″, large 1′ 9″.

489. Du même,

Flagellation du Christ. Pilate, entouré de juges et de soldats, est assis sur un balcon. Marqué 1710. — Sur bois, haut 2′ 6″, large 1′ 9″.

490. Du même.

Couronnement d'épines du Christ. Un soldat met un sceptre de roseau dans les mains garottées du Sauveur, pendant qu'un autre lui enfonce la couronne d'épines sur la tête. Marqué 1710. — Sur bois, haut 2′ 6″, large 1′ 9″ 4‴.

491. Du même.

Purification de Marie. Le grand prêtre debout à la droite de l'autel tient l'enfant Jésus sur ses bras; devant lui la Ste. Vierge à genoux; derrieère l'autel St. Joseph avec deux pigeons blancs. Signé: 1713. — Sur bois, haut 2′ 6″, large 1′ 9″.

492. **Werff** (Adrien, Chevalier van der).

Le portement de croix. Jésus Christ succombe sous le poids de la croix; des soldats sont occupées de la relever. Un peu en arrière suivent les saintes femmes et St. Jean en pleurs. Signé: 1712. — Sur bois, haut 2′ 6″, large 1′ 9″.

493. Du même.

Ascension du Christ. Sauveur s'élève vers le ciel au-dessus des apôtres étonnés, qu'il vient de quitter. Marqué: 1710. — Sur bois, haut 2′ 6″, large 1′ 9″.

494. Du même.

La Pentecôte. Le saint Esprit en forme de flammes se pose sur les têtes des apôtres et de la Ste. Vierge. Ste. Madelaine est à genoux de côté. Marqué: 1711. — Sur bois, haut 2′ 6″, large 1′ 9″.

495. Du même.

Le Christ expirant sur la croix. La Ste. Vierge tombée à terre, est soutenne par les trois saintes femmes. Un peu en arrière Ste. Jean cachant sa douleur dans son manteau. Marqué: 1708. — Sur bois, haut 2′ 6″, large 1′ 9″.

496. **Werff** (Adrien, Chevalier van der).

Le Christ mis au tombeau. Le corps mort du Seigneur est sur un tapis étendu dans une grotte taillée dans le roc. Joseph d'Arimathie soutient la tête qui repose sur la pierre; à son côté la Ste. mère, qui tend les mains pour oter la couronne d'épines de la tête de son fils chéri. — Sur bois, haut 2′ 6″, largo 1′ 9″.

497. Du même.

Assomption de Ste. Marie. La Ste. Vierge portée par des anges dans les airs, lève les yeux vers le ciel qui lui est ouvert. Marqué: 1714. — Sur bois, haut 2′ 6″, large 1′ 9″.

498. Du même.

Couronnement de Ste. Marie. La Ste. Vierge les mains jointes et la téte baissèe à genoux sur destnues, reçoit de deux anges la couronne céleste et le sceptre d'or. Marqué: 1713. — Sur bois, haut 2′ 6″, large 1′ 9″.

499. Du même.

Résurrection du Christ. Un ange du Seigneur vient d'ouvrir le tombeau, et Jésus Christ s'élève vers le ciel. Les gardiens saisis de frayeur sont étendus par terre. Marqué 1713. — Sur bois, haut 2′ 6″, large 1′ 9″.

500. **Werff** (Adrien, chevalier van der).

La Ste. Vierge assise à terre et lisant; l'enfant Jésus regard un nid d'oiseau que le petit St. Jean lui montre; St. Joseph est endormi appuyé contre un arbre. — Sur bois, haut 1′ 9″ 5‴, large 1′ 5″.

Dixseptième Cabinet.

501. **Everdingen** (Albert van).

Paysage avec une chûte d'eau écumante; au bout d'un bois de sapins une cabane rustique. Des pêchers sont sur le devant. — Sur bois, haut 1′ 7″ 3‴, large 2′ 3″ 7‴.

502. **Palamedes** (Stevens), né 1607, † 1638. Elève *d'Esaïe van der Velde.*

Combat de cavalerie. Deux soldats sur le devant, don l'un tombé de cheval est couvert de son sang. — Sur bois, haut 1′ 8″ 6‴, large 2′ 4″.

503. **Heyden** (Jean van der), né 1637, † 1712. Elève de son père, qui fut peintre sur verre, puis d'*Adrien van der Velde,* qui anima de

figures les paysages de son écolier, ce qu'Eglon *van der Neer* fit après la mort de *van der Velde.*

Vue d'une place ouverte embellie par des arbres. — Sur bois, haut 1′ 3″ 6‴, large 1′ 10″.

504. **Ruysdael** (Jacques).

Paysage d'hiver. Le dégel fait fondre la neige sur les cabanes. Sur le devant un paysan avec son fils se hâte de rentrer chez lui. — Sur toile haut 1′ 1″ 3‴, large 11″ 6‴.

505. **Jardyn** (Charles du), dit *barbe de bouc, (Bocksbart).*

Un jeune pâtre occupé à traire une chévre entre quatre moutons en repos. — Sur toile, haut 1′ 7″, large 10″.

506. **Poelembourg** (Corneille).

Paysage avec des ruines romaines. Des vaches paissent sur le devant, pendant que le pâtre s'entretient avec quatre nymphes. — Sur bois, haut 9″ 6‴, large 1′ 1″. (*P*).

507.* **Werff** (Adrien, Chevalier van der).

Un garçon et une fille s'entretiennent sur un fragment antique orné des bas-reliefs, à côté d'un monument sur lequel est la statue, d'hercule, entouré d'artistes qui dessinent. — Sur bois, haut 1′ 5″ 4‴, large 1′ 1″.

508. **Breenberg** (Barthélemy), né 1620, † 1663. Il s'est formé d'après plusieurs maîtres.

Un moine à genoux dans une grotte, prie devant un livre ouvert. — Sur toile, haut 1′ 4″, large 1′ 4″ 2‴.

509. **Seghers** (Daniel), né 1590. † 1660. Elève de son frère, puis de *Jean Breughel.*

Une guirlande de fleurs autour d'un bas-relief représentant des enfans jouants, traité en manière de plastique. — Sur bois, haut 1′ 5″, large 2′ 1″ 3‴.

510. **Mieris** (François van), *le jeune*, fils de *Guillaume Mieris*, et petit-fils du vieux *François Mieris*, né 1689, † 1762.

Un marchand de poissons, offre à une femme, qui a son enfant sur les genoux, un morceau de saumon. — Sur bois, haut 1′ 11″, large 1′ 7″.

511. **Potter** (Paul), né 1625, † 1654. Elève de son père.

Des vaches et des brebis couchées devant une maison rustique. Une femme à côté de son mari apprend à marcher à un petit enfant. — Sur bois, haut 1′ 1″ 8‴, large 10″ 11″.

512. **Poelembourg** (Corneille).

Un chemin qui passe devant un rocher conduit à une habitation. — Sur bois, haut 1', large 1' 2'' 4'''. (ρ)

513. **Werff** (Adrien, Chevalier van der).

Diane découvre la faute de Calisto. — Sur bois, haut 1' 5'' 2''', large 1' 2'' 5'''.

514. **Wyck** (Thomas), né 1616, † 1686. Imitateur du *Bamboche.*

Un alchimiste dans son labarotoire. — Sur toile, haut 1' 5'' 9''', large 1' 2'' 6'''.

515. **Brouwer** (Adrien).

Quatre paysans chantant dans une chambre; au fond une femme donne à manger à son enfant. — Sur bois, haut 1' 4''', large 1' 9'' 3'''.

516. **Wouwermanns** (Philippe).

Un cavalier avec une femme en croupe, s'arrête devant une tente de vivandier; un trompette donne le signal du départ. — Sur bois, haut 1' 6'' 8''', large 2' 2'' 8'''.

517. **Dow,** aussi *Douw* (Gérard).

Un ermite à genoux dans une grotte prie les mains jointes devant un crucifix. — Sur bois, haut 1' 2'' 6''', large 10'' 8'''.

518. **Romeyn** (Guillaume).

Un pâtre arrêté sur une colline avec deux ânes chargés parle avec une femme qui arrive sur la hauteur. — Sur bois, haut 1′ 1′ 9‴, large 11″ 9‴.

519. **Velde** (Adrien van der).

Paysage avec de beaux arbres touffus. Des vaches debout dans un pâturage arrosé par un ruisseau. Un pâtre jouant de la flute s'entretient avec une servante, qui lave ses pieds dans le ruisseau. — Sur toile, haut 11″ 5‴, large 1′ 3″ 2‴.

520. **Huysmann** (Corneille), né 1648, † 1727. Elève de *Gaspard de Witt* et de *Jean d'Artois.*

Trois vaches descendent la pente d'un bois pour aller se rafraichir à une source; le fond est animé par plusieurs personnages et des animaux. — Sur toile, haut 2′ 6″, large 1′ 9″.

521. **Geldorp,** aussi *Gualdorp* (Gorzius), né 1553, † 1618. Elève de *François Frank* et de *Fr. Porbus l'ainé.*

Buste d'homme en habit rouge à paremens noirs et avec une fraise blanche. — Sur bois, haut 2′ 1″ 6‴, large 1′ 7″.

522. **Pourbus,** ou *Porbus* (François).

Buste d'une femme à bonnet avec une fraise par dessus un habit noir. — Sur bois, haut 1′ 9″, large 1′ 7″.

523. **Hysmann** (Corneille).

Paysage avec un chemin creux d'où on à la vue dans le lointain; en avant, des femmes causant avec un homme. — Sur bois, haut 2′ 6″, large 1′ 9″.

524. **Zachtleeven,** ou *Sachtleeven* (Hermann).

Paysage avec vue du Rhin coulant entre des chaines de montagnes, à leur pied un village. — Sur bois, haut 1′ 2″ 2‴, large 1′ 8″ 3‴.

525. **Ruysch,** ou *Pool* (Rachel).

Un riche choix de fleurs, dans un bocal en verre sur une table. — Sur toile, 2′ 4″ 9‴, large 1′ 11″.

526. **Wynants** (Jean).

Quatre vaches à la pente d'un bois sont dirigées vers le devant. — Sur toile, haut 11″ 3‴, large 1′ 1″ 6‴.

527. **Brouwer** (Adrien).

Dans la boutique d'un barbier, le chirurgien sonde avec un couteau la plaie au pied d'un paysan, pendant que sa femme prépare l'emplâtre. — Sur bois, haut 11″ 9‴, large 1′ 2″.

528. **Weenix** (Jean Baptiste).

Un vieux remouleur près de l'entrée d'un bâtiment superbe est occupé à équiser des couteaux, entourré de plusieurs habitans de ce bâtiment. -- Sur toile, haut 2′ 6″, large 3′ 4″.

529. **Metzu,** aussi *Mezu* ou *Metsu* (Gabriel).

Une société à table dans une chambre rustique célèbre la fête du roi de la fève. — Sur toile, haut 2′ 6″, large 3′ 4″.

530. **Hooghe** (Pierre van), né 1643, † 1708. Elève de *Nicolas Berghem.*

Intérieur d'une chambre éclairée par les rayans du soleil et leurs reflets. Une femme un livre à la main, est assise tournée contre la fenêtre.—Sur toile, haut 2′ 3″ 9‴, large 1′ 11″ 3‴.

531. **Ruysdael** (Jacques).

Paysage avec une chaumière qui s'élève derrière un arbre. Sur le chemin qui y conduit, un paysan avec sa femme se hâtent d'atteindre cette chaumière. — Sur bois, haut 10″ 9‴, large 10″ 9‴. (*p*)

532. **Myn** (Herman van der), né 1684, † 1741. Elève *d'Ernest Stufen.*

Diverses fleurs réunies dans un bocal décoré. — Sur toile, haut 2′ 5″, large 1′ 10″ 5‴.

533. **Teniers** (David), *le jeune.*

Intérieur d'une chambre rustique, dans laquelle des paysans s'entretiennent en fumant et en buvant. — Sur bois, haut 11", large 1' 1" 3'". (*p*).

534. **Kierings** (Alexandre), né 1590, † 1616. Elève de *Jean Miel.*

A travers une forêt de grands et vieux chênes on à la vue sur un fleuve. — Sur bois, haut 2' 4", large 3' 4".

535. **Huysmann** (Corneille).

Port de mer. Sur le devant d'anciennes colonnes d'ordre corinthien, devant lesquelles beaucoup de spectateurs regardent le débarquement d'un vaisseau. Signé: HUYSMANN — Sur bois, haut 1' 7", large 2' 6" 6'".

Dixhuitième Cabinet.

536. **Torregiani** (Barthélemy), mourut très jeune, bientôt après l'an 1673. Elève de *Salvator Rosa.*

Paysage. Narcisse assis sur un bord rocailleux, mire sa figure dans l'eau. — Sur toile, haut 2′ 2″ 6‴, large 2′ 11″ 8‴.

537. **Basaiti** (Marco), né en Frioul, travaillait encore en 1520.

Le corps mort du Christ descendu de la croix repose sur les genoux de sa mère accablée de douleurs, entourée de femmes en pleurs et de St. Jean. A la gauhe St. Nicodème et Joseph d'Arimathie parlant ensemble. Petites fig. — Sur bois, haut 3′ 10″, large 2′ 10″. (*p*).

538. **Massaccio** (Tomaso, di S. Giovanni), proprement *Tomaso Guidi*, né 1401, † 1443. Elève de *Panicale.*

St. Antoine de Padoue opère un miracle sur un hérétique en présence de beaucoup de spectateurs dans un temple superbe. Peint à Tempera. — Sur bois et fond de plâtre, haut 1′, large 2′ 8″.

539. De l'école de *Giotto.*

Tableau en trois compartimens.

1) La Ste. Vierge avec l'enfant Jésus sur un trône entre deux saints.
2) Jésus Christ lave les pieds à ses apôtres.
3) Le jugement dernier.

Très petites figures sur bois et fond doré. Haut 2', large 11" 6'''. (*p*).

540. De la même école.

Tableau en trois compartimens.

1) Le crucifiement avec beaucoup de petites figures.
2) La flagellation du Christ et le portement de la croix sur le mont du Calvaire.
3) St. François d'Assise reçoit les stigmates.

Très petites figures. — Sur bois et fond doré. Haut 2', large 11" 6'''. (*p*).

541. **Sanzio** (Raphael d'Urbin).

Buste de St. Jean l'évangéliste. — Peint sur une tuile à fresque. Haut 1' 4" 6''', large 11" 6''' (*p*).

542. **Massaccio** ou *Masaccio* (Tomaso di S. Giovanni).

Tête d'un moine, peinte à fresque. Demi-grand. nat. Haut 6" 9''', large 6". (*p*).

543. D'après **Barbieri,** dit *Guercino da Cento.*

Une Sibylle. (Mosaïque romaine). Ovale.

544. **Allegri** (Antoine), dit *le Corrège.*

Une tête d'ange peint à fresque. Haut 11', large 1'. (ꝑ)

545. D'un inconnu.

Buste de Beatrice Cenci. (Mosaïque romaine). (ꝑ)

546. **Volpini** (André).

Le temple de Vesta à Tivoli. (Mosaïque romaine). (ꝑ)

547. D'après le **Guide** (Reni).

St. Pierre. (Mosaïque romaine).

548. **Torregiani** (Barthélemy).

Paysage. Agar avec son fils Ismael arrêtée près d'un rivage entre des rochers et des arbres. — Sur toile, haut 2' 2'' 6''', large 2' 11'' 8'''.

Dixneuvième Cabinet.

549. **Buonaroti** (Michel-Ange), né 1474, † 1563. Elève de *Dominique Ghirlandajo* et de *Donatello.*

Jésus Christ en prière sur la montagne des oliviers; dans le second plan il s'approche de ses disciples endormis. — Sur bois, haut 1' 3'' 5''', large 2' 1'' 3'''.

550. **Giotto** (Angelo di Bondone di Vespignano). né 1276, † 1336. Elève de *Giovanni Cimabue.*

Les saints, Etienne, Nicolas, Dominique, Maurice et Pierre. Fig. en pied prèsque de grand. nat. Aile d'un tableau d'autel. — Sur bois et fond doré. Haut 4' 4'' 6'''. large 2' 2'' 9'''. (ρ).

551. **Fabriano** (Gentile da), né d'après Pilhington, à Verone vers 1360, † 1440*). Elève de *Giovanni da Fiesole.*

---

*) La mort le surprit pendant son travail à l'église S. Giovanni in Laterano à Rome.

Un petit autel avec deux ailes. Au milieu: Marie dans une glorie, entrourée d'anges faisant de la musique. En haut plane Dieu; et au dessus de lui apparait le couronnement de la Vierge. — Sur bois et fond doré. Haut 2′ 8″, large 1′ 11″.

Sur les ailes, plusieurs saints et dans les coins d'enhaut la salutation angélique en grisaille. Petites fig. à tempera. — Sur bois. (ρ).

552. De l'école de *Giotto.*

Le corps mort du Christ sur les genoux de Marie pleuré par les saintes femmes. — Sur bois, haut 1′ 5″ 4‴, large 2′ 8″. (ρ).

553. **Giotto** (Angelo di Bondone).

Représentation de cinq saints. Figures en pied et pendant du Nr. 550. Même grandeur. (ρ).

554. **Senese** (Guide), travaillait en 1221 à Siene.

L'ange Gabriel à genoux comme mésager céleste, pendant du tableau suivant. — Sur bois et fond doré. Haut 1′, large 7″.

555. Du même.

La sainte Vierge reçoit à genoux le message. — Sur bois et fond doré. Même dimension et pendant du récedant tableau.

556. **Giotto** (Angelo di Bondone).

La sainte céne. Le disciple St. Jean repose sur la poitrine du Sauveur. — Sur bois, haut 1' 4" 10''', large 1' 5".

557. **Uccello** (Paolo), né 1389, † 1472. Elève *d'Antoine Veneziano**).

St. Jerôme en froc blanc, se frappe la poitrine avec une pierre. A côté de lui le lion et le chapeau de cardinal. — Sur bois, haut 2' 5" 6''', large 1' 6" 6'''. (ℓ)

558. **Massaccio** ou ***Masaccio*** (Tomaso di S. Giovanni).

Portrait de l'artiste avec une barette rouge et portant la main droite dans un bandage. Demi-figure. — Sur bois, haut 1' 9" 6''', large 1' 5" 9'''.

559. Du même.

La foi et la dévotion. Un homme ayant les mains jointes; un autre à son côté un chapelet à la main. — Sur bois, haut 1' 8''', large 1' 5" 9'''.

560. **Giotto** (Angelo di Bondone).

Le Christ à la croix. La sainte mère évanouie est soutenue par les saintes femmes. St. François à genoux au bas de la croix baise les blessures des pieds du

*) D'après Baldinucci Comp. Vassari, edix senese T. III. pag. 70 (1), et Lanzi Storia pittorica T. I. pag. 50 (a)

Sauveur; à gauche St. Jean à côté de Nicodème et de Joseph d'Arimathie, dans une attidude de tristesse. — Sur bois, haut 1' 11" 8"', large 1' 5".

561. **Giotto** (Angelo di Bondoni).

Tableau en quatre compartimens;

1) Un ange parle avec un saint.
2) Baptême de Jésus.
3) Saint Augustin, et
4) un prédicateur avec ses auditeurs.

Petites figures sur bois et fond doré. Haut 9" 6"', large 1' 1" 9"'.

562. **Pisano** (Victoire), dit *Pisanello*, florissait vers 1480.

La Ste. Vierge tient l'enfant Jésus sur ses genoux; audessus d'elle plane Dieu le père. — Sur bois et fond doré. Haut 2' 9" 7"', large 1' 2" 6"'. (*P*).

563. **Giotto** (Angelo di Bondone).

Portrait en buste de françois Braccius. — Sur bois, haut 1' 7" 7"', large 1' 3" 9"'.

564. **Memi** (Simone), aussi *Simone di Martino*, né 1284, † 1344. Elève de *Mino* et aide du *Giotto*.

Le Sauveur assis sur des nues tient un livre ouvert dans la main gauche et de la droite il donne la bénédiction. — Sur bois et fond doré. Haut 1' 11", large 1' 3".

565. **Pollajuolo** (Antoine), né 1427. † 1498. Elève *d'André di Castano.*

Tableau en deux compartiments. 1_0 St. François se voue à la pauvreté. 2_0 Ce même saint impose les sévères obligations de son ordre à un jeune moine.— Sur bois et fond doré. Haut 10'' 8''', large 7''.

566. **Cimabue** (Giovanni), né 1240, † 1300. Elève de *Giunta Pisano,* sous l'influence des peintres grecs.

Buste de la sainte Vierge les mains jointes. — Sur bois et fond doré. Haut 2' 5'', large 1' 4'' 6'''.

567. De l'école du *Giotto.*

Adoration des rois. — Sur bois, haut 2' 6'', large 1' 9''. (ρ)

568. **Baldovinetti** (Alessio), né 1425, † 1499. Elève de *Paolo Uccello* et de *Massaccio.*

L'enfant Jésus couché à terre est adoré par la Ste. Vierge et trois anges. St. Joseph repose au fond. De forme ronde sur bois, diamètre 2' 6'' 6'''.

569. **Pacchiarotto** (Giacomo), né 1500. Il se forma d'après le *Perugin* et *Raphael.*

St. Bernardin de Siene. Au revers deux anges. Demi-fig. — Sur bois, haut 1' 11'', large 1' 4''. (ρ)

570. **Pollajuolo** (Antoine.)

St. George et St. Sébastien. — Sur bois, haut 1' 8'' 3''', large 1' 6''. (ρ)

571. **Verrocchio** (André).

La Ste. Vierge et St. Joseph à genoux prient devant l'enfant Jésus, couché à terre. De forme ronde. Sur bois, diamètre 2' 3".

572. **Panicale** (Massimo ou Massolino da), né 1378, † 1415. Elève de ***Laurent Ghiberti*** et de ***Gérard Starnina.***

La salutation angélique. La St. Vierge tient avec les deux mains un livre ouvert; au fond un superbe édifice. — Sur bois, haut 2' 1", large 2' 5".

573. **Mantegne** (André).

Lucréce se donnant la mort. — Demi-fig. Sur bois, haut 1' 5" 6‴, large 1' 1".

574. ***Tableau grec.***

La Ste. Vierge avec l'enfant Jésus. — Sur bois et fond doré. Haut 10" 2", large 8".

575. **Pollajuolo** (Antoine).

La Ste. Vierge assise sur un trône tient l'enfant Jésus sur les genoux. Sur le devant le portrait en buste du donnataire du tableau. — Sur bois, haut 1' 8" 3‴, large 1' 6". (P)

576. **Pacchiarotto** (Giacomo).

La Ste. Vierge avec l'enfant Jésus. Au revers quatre

anges. Demi-fig. — Sur bois, haut 1′ 10″ 6‴, large 1′ 3″ 6‴. (P)

577. **Lippi** (Fra Filippo).

Ste. Marie dans un jardin tient l'enfant Jésus sur ses genoux. Demi-fig. — Sur bois, haut 2′ 4″ 4‴, large 1′ 8″.

578. **Rosa** (Salvatore), né 1615, † 1673. Elève de *l'Espagnolet* et de *Daniele Falcone.*

Les soldats de Gideon, arrivés à une fleuve, y étanchent leur soif. — Sur toile, haut 2′ 3″ 6‴, large 3′.

Vingtième Cabinet.

579. **Porta** (Baccio della), dit *il frate Bartolomeo di S. Marco.*

La Ste. Vierge à genoux adore l'enfant Jésus couché devant-elle à terre. St. Joseph est assis à côté, au fond un paysage ouvert. Petites fig. — Sur bois, haut 1′ 11″, large 2′. (*p*)

580. **Carofolo** (Benvenuto), dit *Tisio.*

La Ste. Vierge tient des deux mains l'enfant Jésus. Demi-fig. — Sur bois, haut 1′ 5″ 6‴, large 1′ 1′ 6‴.

581. **Sanzio** (Raphael d'Urbin).

Baptême du Christ. Petites fig. Ce tableau date de la jeunesse de Raphael, on y reconnoit la manière de son maitre *Pierre Perugin.* — Sur bois, haut 11″ 10‴, large 1′ 3″ 6‴. (*p*)

582. **Vannucchi** (André), dit *del Sarto.*

St. Jean Baptiste dans le desert prêche sur une colline au peuple rassemblé autour de lui. Esquisse en grisaille sur papier. Haut 1′, large 1′ 1″ 6‴.

583. Du même.

Visitation de Ste. Marie. La Ste. Vierge est reçue devant la maison de Zacharie par Elisabethe. Esquisse en grisaille sur papier. Haut 11″ 4‴, large 1′ 1″.

584. **Robusti** (Jacques), dit *le Tintoret.*

Ecce homo. Petites figures. — Sur cuivre, haut 1′ 3″, large 1′.

585. **Pipi** (Jules), dit *Jules Romain.*

Thésée abandonne Ariadne endormie dans l'ile de Naxos, il est sur le point de s'embarquer. — Sur bois, haut 1′ 1″ 5‴, large 1′ 10″ 6‴.

586. **Sanzio** (Raphael d'Urbin).

Le corps mort du Christ descendu de la croix déposé sur les genoux de sa mère évanouie, est pleuré par les assistans. — Sur bois, haut 1′ 8″, large 8″ 6‴.

587. Du même.

Portrait avec barette et habit noir. Regardé comme étant celui de Raphael. Il retient sont vêtement de la main droite. Demi-figure dans un jardin*). — Sur bois, haut 1′ 8″ 1‴, large 1′ 3″ 3‴.

588. **Sanzio** (Raphael d'Urbin).

Buste de l'archange Michel en cuirasse. — Ovale. Sur bois, haut 9″, large 6″ 4‴. (*P*).

589. **Vannucchi** (André), dit *André del Sarto.*

St. Zacharie privé de la parole par l'ange du Seigneur. — Esquisse en brune sur papier. Haut 11″ 9‴, large 1′ 1″ 5‴.

590. **Luini** (Bernardin).

La Ste. Vierge tient l'enfant Jésus sur ses genoux, auquel le petit St. Jean présente une fleur. — Petites fig. Sur bois, haut 1′ 3″ 6‴, large 1′ 1″.

591. **Buonacorsi,** dit *Perino del Vaga*, né 1500, † 1547. Il se forma d'après *Raphael.*

Le Parnasse. Apollon Parmi les neuf Muses et les poëtes les plus célèbres. Petites fig. — Sur bois, haut 1′ 2″ 6‴, large 2′ 2″.

---

*) D'après une attestation des peintres Hugfort et Raphael Mengs, faite en 1774, ce tableau vient de la maison noble del Riccio de Florence, où il avait été toujours reconnu comme étant le portrait de Raphael d'Urbin, peint par lui-même. Cependant d'après une autre opinion ce portrait pourrait etre celui du duc d'Urbin.

592. **Saraceno** (Charles), dit ***Charles le Venetien.***

La Ste. Vierge mourante, entourée des douze apôtres. — Sur cuivre, haut 1′ 5″, large 10″ 6‴.

593. **Sanzio** (Raphael d'Urbin).

Le Christ résuscité plane au dessus du tombeau ouvert. Sur les côtés sont les gardes endormis. — Sur bois, haut 11″ 10‴, large 1′ 3″ 6‴. (ρ).

594. **Vannucchi** (André), dit ***del Sarto.***

La fille d'Herodiate devant sa mère avec la tête de St. Jean. — Esquisse en grisaille sur papier, haut 11″ 6‴, large 1′ 3″.

595. **Allegri** (Antoine), dit ***le Corrège.***

L'amour lit un papier, qu'il tient des deux mains. Esquisse sur papier, haut 2′ 1″, large 1′ 2″ 6‴.

596. **Pipi** (Jules), dit ***Jules Romain.***

Buste d'une femme, própablement étude d'une figure de Judith. — Sur bois, haut 2′ 2″ 6‴, large 1′2″ 6‴.

597. **Porta** (Baccio della), dit il ***Frate Bartolomeo di S. Marco.***

La Ste. Vierge tient l'enfant Jésus debout sur ses genoux. Fig. jusqu'aux genoux. Peint sous l'influence des ouvrages de ***Leonard de Vinci*** et de ***Mariotto Albertinelli.*** — Sur toile, haut 1′ 9″ 6‴, large 1′ 4″.

598. **Mazzolini** (Louis), dit *Ferrarese*, né 1481, † 1530. Elève de *Lorenzo Costa.*

La Ste. Vierge dans un paysage tient sur ses genoux l'enfant Jésus, auquel St. Joseph présente des groseilles. Dieu le père plane au-dessus des nues. — Sur bois, haut 1' 11" 9‴, large 1'. (ρ).

599. **Lanfranco** (Chevalier, Jean).

Jésus Christ en prières sur le mont des oliviers. Un ange lui apparait avec le calice tandis que les disciples s'adonnent au sommeil. — Sur ardoise, haut 1' 11" 9‴, large 1'.

600. **Dolce** (Carlo).

Jésus enfant avec un bouquet de fleurs. Buste. — Sur toile, haut 1' 2" 4‴, large 1'.

601. **Palma** (Jacques), *l'aîné.*

La sainte parenté. La plupart des figures sont des portraits de la famille de l'artiste. — Sur bois, haut 2' 2", large 3' 2" 4‴.

602. **Razzi** (Jean Antoine, Chevalier), dit *Sodoma*, né 1479, † 1554. Elève de *Girolamo Giovenone.*

La Ste. Vierge assise sous un baldaquin rouge tient sur ses genoux l'enfant Jésus et lui présente une fleur. A côté St. Joseph; dans le fond un paysage. Fig. jusqu'aux genoux. — Sur toile, haut 2' 3" 6"', large 1' 8" 3"'. (P)

603. **Garofolo** (Benvenuto), dit *Tisio.*

Buste d'homme en bonnet noir et un oeillet à la main. — Sur bois, haut 1' 1", large 9" 2"'.

604. **Bellini** (Jean).

Portrait en buste de l'artiste. — Sur bois, haut 1' 2" 6"', large 11" 6"'. (P)

605. **Schedone,** aussi *Schidone (Barthélemy)*, nè 1560, † 1635. Elève des *Carraches*, en y joignant l'étude des oeuvres *du Corrège.*

Ste. Madelaine repentante, à ses côtés un ange avec une tête de mort et un autre ange tenant le vase de parfum. — Sur cuivre, haut 8", large 6" 3"'. (P)

606. **Lanfranco** (Jean, Chevalier).

Buste de la mère de douleurs. — De forme octogone. Sur cuivre, haut 1' 1", large 10" 6"'.

607. **Cardi** (Louis, Chevalier), dit *Cigoli.*

St. François à genoux prie devant un crucifix. — Sur cuivre, haut 1' 1" 7"', large 11".

608. **Cima** (Jean Baptiste), dit *da Conegliano*, florissait en 1517. Elève de *Jean Bellini.*

La Ste. Vierge avec l'enfant Jésus, à ses côtés St. Jerôme et Ste. Madelaine. — Demi-fig. en grand. nat. Sur bois, haut 2′ 5″ 6‴, large 3′ 9″.

609. **Zampieri** (Dominique), dit *le Dominiquin.*

Paysage avec vue sur la mer, au bord de laquelle Jupiter enlève Europe. — Sur toile, haut 2′ 3″ 5‴, large 2′ 11″ 6‴.

Vingtunième Cabinet.

610. **Mantegne** (André).

Le sauveur du monde. Buste. — Sur bois, haut 1′ 7″ 6‴, large 1′ 2″ 9‴.

611. **Fiesole** (Fra Giovanni de), dit *Beato Giovanni Angelico, frate Dominicano*, né 1387, † 1455. Son frère lui donna les premières leçons dans la peinture en miniature.

Une gloire célèste. Dieu le père apparait au milieu d'anges, qui font de la musique. Cintré d'en haut. — Sur bois et fond doré, haut 1′ 4″, large 2′ 5″.

612. Du même.

Les saints, Cosme et Damien avec leurs frères sont garrottés et précipités du haut d'un rocher dans l'eau, cependant ils sont sauvés par des anges sans avoir reçus de blessures. Sur le devant le juge Lysia est délivré des dèmons par l'intercession de ces saints martyrs. — Sur bois, haut 1' 2", large 1' 5" 3'". (ρ).

613. **Fiesole** (Fra Giovanni de).

Les saints Cosme et Damien sont attachée à deux croix, pendant que leurs trois frères qui se trouvent au dessous, doivent êtres tués à coup de pierres et percés de flèches; mais les flèches se brisent dans les airs, et les pierres retombent sur les bourreaux. — Sur bois, haut 1' 2" 3'", large 1' 7". (ρ).

614. **Sanzio** (Raphael d'Urbin).

La Ste. Vierge tient des deux mains l'enfant Jésus et le presse contre son sein et ses joues avec l'expression de la plus grande tendresse maternelle. — Demi-fig. Tableau connu sous le nom: *Madonna del Tempi.* — Sur bois, haut 2' 4" 2'", large 1' 7". (ρ).

615. **Fiesole** (Fra Giovanni de).

Joseph d'Arimathie tient le corps mort du Christ élevé au-dessus du tombeau, pendant que les bras sont tenus par St. Jean et Ste. Marie. — Sur bois, haut 1' 2", large 1' 5". (ρ).

616. Du même.

Les saints, Cosme et Damien avec leurs trois frères devant le juge Lysia, qui les somme de sacrifier aux idoles. — Sur bois, haut 1' 2", large 1' 5" 3'". (ρ).

617. **Canale** ou *Canaletto* (Antoine), né 1697, † 1768. Elève de son père Bernard, peintre de décorations.

Vue d'un Traghetto sur le grand canal de Venise. — Sur toile, haut 2′ 1″ 9‴, large 2′ 10″ 10‴. (℘).

618. Du même.

Vue de la petite place (Piazetta), de la tour de St. Marc, et du palais du Doge à Venise. Sur toile, haut 2′ 1″ 9‴, large 2′ 10″ 10‴. (℘)

619. **Vecellio,** Titien de Cadore.

Portrait d'homme en habits noirs avec un livre à la main. Marqué: MDXXIII. — Sur toile, haut 2′ 8″, large 2′ 1″.

620. **Palma** (Jacques), *le jeune.*

Ste. Madelaine les regards vers le ciel, tient un crucifix. — Demi-fig. Sur toile, haut 1′ 11″ 6‴, large 1′ 6″.

621. **Canale,** ou *Canaletto* (Antoine).

Vue de l'église Ste. Marie de la Santé sur le grand canal á Venise. — Sur toile, haut 2′ 1″ 9‴, large 2′ 10″ 10‴. (℘)

622. **Canale** ou *Canaletto* (Antoine).

Vue du marché aux herbes sur le grand canal à Venise, chargé de beaucoup des barques. — Sur toile, hout 2′ 1″ 9‴, large 2′ 10″ 10‴. (ρ).

623. **Schedone** aussi *Schidone* (Barthélemy).

Repos nocturne en Egypte. Preès d'une cabane au coucher de la lune, se voit la Ste. mére avec son enfant, éclairée par une lanterne. — Sur toile, haut 2′ 3″, large 1′ 11″ 6‴.

624. **Dolce** (Charles).

Ste. Agnès avec la palme. — Demi-fig. Sur toile, haut 2′, large 1′ 7″.

625. **Schedone,** aussi *Schidone* (Barthélemy).

Loth et ses filles. Bustes. — Sur toile, haut 1′ 4″ 10‴, large 2′ 3″ 4‴.

626. **Allegri** (Antoine), dit *le Corrége.*

Ecce homo. Le Christ avec l'expression de la plus grande douleur porte la couronne d'épines; ses mains garrottées reposent sur un appui de marbre. Marqué: *Ego pro te haec passus sum, tu vero, quid fecisti pro me?* — Demi-fig. Sur bois, haut 2′ 5″, large 2′.

627. **Schedone,** aussi *Schidone* (Barthélemy).

Ste. Madelaine repentante devant une tête de mort. Demi-fig. — Sur toile, haut 2′ 4″ 9‴, large 2′ 3‴.

628. **Dolce** (Charles).

Ecce homo. Le Christ en manteau de pourpre la couronne d'épines sur la tête. Demi-fig. — Sur toile, haut 2′, large 1′ 7″ 6‴.

629. Du même.

Ste. Madelaine. Demi-fig. — Sur toile, haut 2′, large 1′ 7″ 10‴.

Vingtdeuzième Cabinet.

---

630. **Mola** (Pierre François).

Buste d'homme en habits noirs. — Sur toile, haut 1′ 10″ 7‴, large 1′ 5″ 10‴.

631. **Robusti** (Jacques), dit *le Tintoret.*

Portrait du célèbre anatomiste André Vesale assis dans un fauteuil, un compas à la main. — Sur toile, haut 2′ 3″ 3‴, large 2′.

632. **Cagliari**, aussi *Caliari* (Paul), dit *Veronèse.*

Offrande des trois rois. Petites fig. — Sur toile, haut 2′ 10″ 5‴, large 2′ 1″.

633. **Ponte** (Jacques de), dit *Bassano.*

St. Jerôme à genoux dans le désert. Petite fig. — Sur toile, haut 1′ 11″ 2‴, large 2′ 6″.

634. **Reni** (Guide).

St. Pierre repentant les mains croisées sur la poitrine. Demi-fig. — Sur toile, haut 2′ 11″, large 2′ 4″ 3‴.

635. **Pulzone** (Scipion), dit *Scipione di Gaeta*, né 1550, † 1588. Elève de *Giacomo del Conte.*

Portrait d'une dame richement vêtue et avec une fraise blanche. Demi-fig. — Sur toile, haut 2′ 5″, large 1′ 10″ 6‴. (P).

636. **Cignani** (Charles).

La Ste. Vierge à genoux devant l'enfant Jésus qui dort dans un berceau, sur lequel le petit St. Jean se penche. Ovale. — Sur bois, haut 3′ 6″, large 2′ 6″.

637. **Salvi** (Jean Baptiste), dit *il Sassoferato*, né 1605, † 1685. Elève de son père *Salvi.*

La Ste. Vierge prie les mains jointes. — Demi-fig. — Sur toile, haut 2′ 11″, large 1′ 11″.

638. **Maratte** (Charles, Chevalier), né 1625, † 1713. Elève *d'André Sacchi.*

Un enfant dormant dans une grotte sur un linge. — Sur toile, haut 1′ 9″, large 2′ 1″.

639. **Balestra** (Antoine), né 1666, † 1740. Elève de *Charles Maratte.*

La Ste. Vierge tient sur le bras l'enfant Jésus qui vient de se réveiller. Demi-fig. — Sur toile, haut 1′ 8″ 9‴, large 2′ 2″ 6‴.

640. **Sirani** (Elisabeth), né 1638, † 1665. Elève de son père *Jean André*

Le génie de l'instabilité. Fig. en pied. — Sur toile, haut 2′ 10″ 3‴, large 2′ 3″ 6‴.

641. **Poussin** (Nicolas).

St. Norbert à genoux reçoit l'habit religieux de la Ste. Vierge, qui lui apparoit avec l'enfant Jésus dans les nues. — Sur toile, haut 2′ 7″ 9‴, large 2′.

642. **Cambiaso** (Luc), né 1527, † 1585. Elève de son père *Jean.*

Buste d'homme à barbe grise et tête chauve. — Sur toile, haut 2′ 1″ 6‴, large 2′ 1″.

643. **Albani** (François).

Venus respose sur un lit dans une belle contrée à l'ombre d'arbes, au bord d'une rivière pendant qu' Adonis conduit par l'amour s'approche d'elle. Plus en arrière Cupidon avec le flambeau sur un char trainé par des amours. — Sur toile, haut 2′ 4″, large 3′.

644. **Reni** (Guide).

St. Jean l'évangéliste écrivant devant un livre ouvert. Demi-fig. — Sur toile, haut 2′ 4″, large 2′ 7″ 3‴.

645. **Procaccini** (Jules César).

La Ste. Vierge tient de la main gauche l'enfant Jésus sur ses genoux et de la droite le petit St. Jean, assis à côté d'elle. En arrière un ange présente des fleurs à l'enfant Jésus. — Sur bois, haut 2′ 4″ 1‴, large 1′ 10″.

646. **Vecellio,** Titien de *Cadore.*

Jupiter et Antiope. Demi-fig. — Sur toile, haut 1′ 9′,, large 1′ 5″ 6‴.

647. **Cerquozzi** (Michelange), dit ***delle Battaglie***, né 1602, † 1660. Elève de ***Mozzo*** et imitateur de ***Pierre de Laar.***

Rafraichissement après la chasse. Des chasseurs descendus de cheval, font halte avec leur meuthe auprès du gibier tué. Une vue étendue, par de là une rivière. — Sur toile, haut 2′ 3″ 4‴, large 3′ 2″.

Vingttroisième Cabinet.

---

648. **Le Prince** (Jean Baptiste), né 1733, † 1781. Elève de ***François Boucher*** et de ***Joseph Vien.***

Un vieillard endormi dans un jardin auprès de sa jeune femme, qu'il tient attachée par le bras; pendant qu'un jeune homme apparaissant dans un buisson se penche amoureusement vers elle. Signé: LE PRINCE f. 1774. — Sur toile, haut 2′ 3″ 6‴, large 2′ 10″.

649. **Orsi** (Lelio da Novellara).

Tête d'homme en profil. — Sur toile, haut 1′ 10″, large 1′ 6″.

650. Du même.

Buste d'une dame avec deux mains. - Sur bois, haut 1′ 2″ 6‴, large 10″ 8‴.

651. **Rocco** (Michel de Parme), dit *Parmegianino le jeune*, né 1671, † 1751.

Nativité de Jésus ou adoration des bergers. — Sur cuivre, haut 1′ 5″ 7‴, large 1′ 1″.

652. **Turchi** (Alexandre), dit *Orbetto*, né 1582, † 1648. Elève de *Felice Ricci.*

La fille d'Herodiate reçoit la tête de St. Jean Baptiste des mains du bourreau. — Sur ardoise, haut 1′ 4‴, large 1′ 3″ 9‴.

653. **Robusti** (Jacques), dit *Tintoret.*

Buste d'homme en habit noir, que l'on croit être portrait de l'artiste. — Sur toile, haut 1′ 10″ 6‴, large 1′ 5″.

654. **Poussin** (Nicolas).

Portrait de l'artiste. — Sur toile, haut 1′ 10″ 6‴, large 1′ 7″.

655. **Bronzino** (Angelo), né 1501, † 1570. Elève et imitateur de *Jacques de Pontorme.*

Une tête couronné de lauriers. — Sur bois, haut 1′ 8″ 9‴, large 1′ 1″ 8‴.

656. **Battoni** (Pompée, Chevalier), né 1708, † 1787. Elève de *S. Conea* et de *Masucci.*

Portrait en buste de l'artiste. - Sur toile, haut 2′ 2″, large 1′ 9″.

657. **Carrache** (Annibal).

Ecce homo. Demi-fig. — Rond, sur marbre, diamètre 8″.

658. **Zampieri** (Dominique), dit *le Dominiquin.*

St. Jerôme écrivant sous la dictée d'un ange qui lui apparait. — Sur cuivre, haut 10″ 4‴, large 8″.

659. **Carrache** (Louis).

St. François d'Assise en méditation. Petite fig. — Sur bois, haut 8′ 6″, large 6″ 6‴.

660. **Carrache** (Annibal).

Le corps mort du Christ pleuré par Ste. Marie, St. Jean et les saintes femmes. — Sur bois, haut 1′ 6‴, large 1′ 3″ 5‴.

661. Du même.

Portrait de l'artiste. Sur toile, haut 1′ 7″, large 1′ 3″.

662. **Cagliari**, aussi *Caliari* (Paul), dit *Veronèse.*

Portrait en buste de l'artiste. — Sur toile, haut 1′ 11″, large 1′ 7″.

663. **Sacchi** (André), né 1600, † 1661. Elève de *François Albani.*

Buste d'un moine. — Sur toile, haut 2′ 1″, large 1′ 6″ 9‴.

664. **Ferri** (Ciro).

Repos en Egypte. La Ste. Vierge tient sur ses genoux l'enfant Jésus, auquel un ange présente des pommes. — Sur cuivre, haut 1′ 5″ 6‴, large 1′ 1″ 5‴.

665. **Allegri** (Antoine), dit *le Corrège.*

Tête d'un jeune faune. — Sur papier et tendu sur toile, haut 1′ 2″ 6‴, large 11″ 9‴.

666. **Cerquozzi** (Michelange), dit *delle Bataglie.*

Un savetier assis devant sa chaumière, une femme lui remet un soulier déchiré, pendant qu'un paysan sur un âne monte la hauteur. — Sur toile, haut 1′ 2″ 9‴, large 1′ 7″ 9‴.

667. **Dughet** (Gaspard), dit *Poussin*, né 1613, † 1675.

Elève de son beau-frère *Nicolas Poussin.*

Paysage ombragé par des arbres et des buissons. — Sur toile, haut 1′ 6″, large 2″.

668. **Maratte** (Charles, Chevalier).

St. Jean l'évangéliste dans l'île de Pathmos, auquel la Ste. Vierge apparait. — Sur toile, haut 2′, large 1′ 6″ 6‴.

669. **Feti** (Dominique).

Tancrède blessé, dans les bras de son écuyer. — Rond, sur toile, diamètre 1′ 6″ 6‴.

670. **Rosa** (Salvator).

Paysage retréci par des rochers éscarpés; vis-à-vis d'un torrent un moine occupé à lire. — Sur toile, haut 2', large 1' 6".

671. Du même.

Paysage avec vue sur la mer, animé de différentes personnes à cheval. — Sur toile, haut 1' 1", large 1' 4".

672. **Palma** (Jacques), *l'aîné.*

Flagellation du Christ. Petites fig. — Sur marbre, haut 10" 4"', large 7" 6"'.

673. **Allegri** (Antoine), dit *le Corrège.*

Buste de St. Pierre. — Esquisse, sur bois, haut 8", large 7".

674. Du même.

Un faune assis sur une pierre joue de la flûte de Pan. — Sur bois, haut 7", large 6".

675. **Cavedone** (Jacques).

Le corps mort du Christ couché à terre, est pleuré par un ange. — Sur cuivre, haut 9" 9"', large 8" 3"'.

676. **Maratte** (Charles, Chevalier).

La vanité sous la figure d'une femme qui dort. — Sur toile, haut 4' 6" 6"', large 3' 6".

677. **Feti** (Dominique).

Herminie en armure d'homme, cherche un asile chez un vieux campagnard. — Rond. Sur toile. Diamêtre 1′ 6″ 6‴.

678. **Rosa** (Salvator).

Quatre bandits armés réunis sur un rocher, en délibération; d'autres se joignent à eux. Une chûte d'eau entre des rochers se précipite dans un gouffre. — Sur toile, haut 2′, large 1′ 6″.

679. Du même.

Sur le bord rocailleux de la mer se voit une ruine. Des bateliers ont abordé sur le premier plan. — Sur bois, haut 1′ 1″, large 1′ 4″.

680. **Solimena** (François), né 1657, † 1747. Elève de *Lucas Giordano*.

Un prêtre grec, auprès d'un mur présente à un ange; qui est à côté de lui, une couronne d'or. Le fond un paysage. Fig. jusqu'aux genoux. — Sur toile, haut 1′ 2″ 6‴, large 1′ 8″ 4‴.

681. **Dughet** (Gaspard), dit *Poussin*.

Paysage avec des rochers escarpés où se voit le temple de Vesta à Tivoli. — La Teverone reparait et forme de petites cascades. — Sur toile, haut 1′ 6″, large 2′.

682. **Rosa** (Salvator).

Paysage avec des pents de rochers escarpés, entre lesquels se fait passage un torrent. Quelques hommes sont occupés à la pêche. — Sur toile, haut 2′ 2″, large 1′ 6″ 8‴.

683. **Cantarini** (Simon), dit *le Pesarèse.*

Ste. Cécile joue de l'orgue, à son côté un ange. Fig. jusqu'aux genoux. — Sur toile, haut 3′ 5″, large 2′ 11″ 4‴.

684. **Dughet** (Gaspard), dit *Poussin.*

Paysage. Un chemin étroit mène entre des masses de rochers éscarpés, au lointain bordé par des montagnes. — Sur toile, haut 1′ 6″ 2‴, large 2′ 6″ 6‴. (*P*).

685. **Le Sueur** (Eustache).

Louis IX. (le saint roi de France) assiste en profonde vénération à la messe. Au moment de l'élévation de la sainte ostie apparait l'enfant Jésus. Esquisse traité avec esprit en forme ovale. Petites fig. — Sur toile, haut 1′ 3″ 6‴, large 1′. (*P*).

686. **Vouet** (Simon), né à Paris 1582, † 1641. Elève de son père *Laurent Vouet.*

Ste. Marie avec le divin enfant sur ses genoux. Petites fig. — Sur papier tendu sur toile, haut 1′ 2″ 10‴, large 10″ 10‴. (*P*).

687. **Inconnu.**

Buste d'un jeune homme en habits noirs et avec une fraise blanche. — Sur bois. Forme ronde, diamètre 2′ 10‴.

688. **Garzi** (Louis), né 1638, † 1721. Elève *d'André Sacchi.*

La Ste. Vierge assise sous un arbre, présente le sein à l'enfant Jésus, pendant que St. Joseph cueille des cerises. Petites fig. — Sur toile, haut 1′ 7″ 9‴, large 2′ 1″.

689. **Cignani** (Charles).

Ste. Madelaine en méditation sur une tête de mort, placée sur un livre. Demi-fig. — Sur toile, haut 3′ 5″, large 2′ 3″.

Table alphabetique

des maîtres

dont

les tableaux sont exposés dans neuf salles et vingttrois Cabinets de la Pinacothèque royale.

☞ Les numéros après les noms des maîtres, désignent les tableaux qui se trouvent dans les salles. Les numéros après le mot Cabinet désignent les tableaux des Cabinets.

A.

B.

C.

D.

E.

F.

G.

H.

J.

K.

L.

M.

N.

R.

S.

T.

U.

V.

W.

Z.

CPSIA information can be obtained
at www.ICGtesting.com
Printed in the USA
LVHW040100230323
742312LV00002B/48

9 783382 701314